KB018041

스트레스해소
1분유머

| 유머를 즐기는 모임 |

Y답???

쉿!
읽기만 해도
스트레스가 확~
야한 유머 모음집!!

늘
푸른 소나무

스트레스 해소 1분 유머
Y담

초판 1쇄 펴낸날 2018년 9월 10일

편 저   유머를 즐기는 모임
펴낸이   박일용
펴낸곳   늘푸른소나무

등록일자   2018년 02월 21일
등록번호   제25100-2018-000017호
주소   서울시 노원구 동일로 208길 20
전화   02-3143-6763
팩스   02-3143-3762
E-mail   asokapa@naver.com

ISBN 979-11-963602-4-5 (03810)
ⓒ 늘푸른소나무 2017. Printed in Seoul, Korea
- 저자와의 협의에 따라 인지는 붙이지 않습니다.
- 잘못된 책은 꼭 바꾸어 드립니다.
- 책값은 뒤표지에 있습니다.

스트레스해소
1분유머

| 유머를 즐기는 모임 |

쉿!
읽기만 해도
스트레스가 확~
야한 유머 모음집!!

남을 웃기는 사람이 성공하는 시대

'웃는 얼굴에 침 못 뱉는다'는 말이 있다. 삶이 팍팍하고 인상 찡그리는 일이 많다지만, 그래도 인상을 펴고 웃어야 한다. 힘들고 짜증나는 일 많은 일상에서 살며시 미소 짓는 마음의 여유와 웃고 싶을 때 허파가 뒤집어지도록 박장대소할 순간이 필요하다.

유머란 그냥 '우스운 것'이 아니라 정신적인 여유, 혹은 '인생을 대하는 너그러운 태도'까지를 포함한다. 긴박하고 절망적인 순간, 분노 속에서도 웃을 수 있는 기질이 바로 유머라는 괴물인 것이다.

유머는 복잡다단한 현대에 있어서 나 자신의 출세와 건강을 지키는 기틀이자, 가정을 화목하게 만드는 조미료 같은 존재다. 또 생산성을 향상시키며 웃음이 넘치는 사회를 만듦으로써 건강한 사회의 버팀목 역할을 수행하기도 한다.

TV나 영화를 보면 주인공이 예전과는 많이 달라졌음을 실감할 수 있다. 과거 미인에 잘생긴 배우들이 독차지하던 인기를, 외모는 조금 딸리더라도 웃기고 재치 있게 말하는 개그맨 코미디언들이 대신하고 있는 것이다.

마찬가지로 직장에서도 남을 웃길 줄 아는 사람이 대접받는 시대가 되었고, 미혼여성이 선호하는 데이트 대상도 유머감각이 뛰어난 사람이다.

세상은 이제 근엄하게 폼 잡는 인상파들의 시대는 가고 잘 웃는 사람과 잘 웃기는 사람이 성공하는 시대가 되었다. 남을 웃기는 사람이 히트치는 시대! 유머를 아는 사람이 성공하는 시대다.

유머는 삶의 윤활유 같은 것, 여기 실린 유머들이 일상의 스트레스를 해소해주고 삶의 여유를 되찾게 해줄 것이다.

제1장 알콩달콩 신혼은 즐거워

제 2 장  동상이몽 S담

제 3 장 내가 야한 얘기 하나 해줄까?

제1장

알콩달콩 신혼은 즐거워!

태풍

기상대에 근무하는 직원이 자기 조수에게 말했다.

"꼭 내가 걱정했던 대로 구만! 남자 태풍하고 여자 태풍들을 마구잡이로 섞어놓으니까 꼬마 태풍이 이렇게 많이 생겨나잖아!"

워요일

남편이 거시기를 오래하니 힘에 부쳤다. 꾀를 낸 남편이 부인에게 말했다.

"우리 요일에 받침이 없는 날만 골라서 사랑을 나누도록 합시다."

부인이 시무룩해서 대답했다.

"당신이 정 그렇게 힘들어하니 그래야지 어쩌겠수?"

월화수목금토일… 목요일은 받침이 있으니 쉬고, 금요일도 쉬고, 토요일 하루 힘 좀 쓰고, 일요일 쉬고 나서, 월요일도 쉴 차례라 확인 차 부인에게 물었다.

"내일이 뭔 요일인고?"

부인이 말했다.

"내일? 워요일."

유방과의 연관성

한 남자가 여성들의 유방에만 골몰하는 유방집착증을 갖고 있었다. 그래서 그는 정신과의사를 찾아가서 그 문제에 대해 이야기했다.

"먼저 단어 연상게임을 좀 해봅시다."

의사가 말했다.

"제가 한 단어를 말하면 당신 마음속에서 가장 먼저 떠오르는 것이 뭔지 말해보세요."

의사가 "자두" 하고 말하자 환자는, "유방" 하고 대답했다.

"오렌지."

"유방."

"수박."

"유방."

"자동차 와이퍼."

"유방."

환자가 똑같은 답변을 되풀이하자 의사가 "잠깐!" 하고 제지했다.

의사가 말했다.

"자두, 오렌지, 수박과 유방 사이에는 연관성이 있다고 이해합니다. 하지만 자동차 와이퍼는? 대체 무슨 연관성이 있습니까?"

"거야 쉬운 일이죠, 선생님."

환자가 설명했다.

"하나는 왼쪽에 있고, 또 하나는 오른쪽에 있거든요!"

가십 기사

한 저명인사가 서재에서 모닝커피와 함께 아침신문을 읽다가 큰소리로 부인을 불렀다.

"여보, 엘리자베스, 이 가십기사를 보았소? 세상에 이런 엉터리 기사가 어디 있어? 아, 글쎄, 당신이 짐을 싸들고 집을 나갔다는 오보가 났지 뭐요? 여보! 엘리자베스! 엘-리-자-베스!"

아내가 너무 야해

아내 : 어제 누가 나한테 옷을 벗으라지 뭐예요!
남편 : 뭐야? 어떤 놈이!
아내 : 의사가요.

아내 : 그리고 내가 아프다는데도 자꾸 더 벌리라는 놈도 있어요.
남편 : 아니, 어떤 놈이!
아내 : 치과 의사요!

아내 : 오늘 당신이 없을 때 한 남자가 나한테 앞으로 넣는 게 좋은지, 뒤로 넣는 게 좋은지 물었어요.

남편 : 어떤 미친놈이야!

아내 : 우유배달부가요.

아내 : 게다가 오늘 낮엔 한 멋진 총각이 '짧게 해드릴까요, 길게 해드
릴까요?' 묻더라고요.

남편 : 그건 또 누구야?

아내 : 미용사요.

아내 : 나한테 너무 빨리 빼버리면 재미없을 거라는 중년신사도 있었죠.

남편 : 누가?

아내 : 은행 적금계 직원이요.

신혼 초야의 5가지 전쟁(war)

1. 샤-워
2. 누-워
3. 세-워
4. 끼-워
5. 자기 고마-워

KTX

2000년대 초반의 일이다. 어느 딸 부잣집에서 우연히 네 자매가 합동 결혼식을 치르는 경사가 있었다. 예식을 치른 후 세 딸 내외는 제주도로 신혼여행을 떠났고, 막내 딸네는 부산으로 신혼여행을 갔다.

이튿날, 아이들이 첫날밤을 무사히 보냈는지 궁금했던 엄마에게 먼저 제주도로 신혼여행 간 세 딸로부터 전화가 걸려왔다.

첫째 딸이 말했다.

"엄마, 우리 그이는 레간자야!"

둘째딸은,

"우리 그이는 사발 면이야. 어쩌면 좋지?"

셋째 딸이 말했다.

"우리 그이는 애니콜이야!"

첫째의 '레간자'는 '소리 없이 강하다', 둘째의 '사발 면'은 '3분이면 오케이', 셋째의 '애니콜'은 '때와 장소를 가리지 않는다'는 당시의 은어였다.

세 딸의 소식을 듣고 난 엄마는 적잖이 안심이 됐다. 그런데 부산으로 떠난 막내딸에게서는 아무런 소식도 없었다.

참다못한 엄마가 먼저 전화를 걸어 첫날밤에 대해 물었다.

그러자 막내딸은 이렇게 대답하는 게 아닌가!

"우리 그인 KTX야!"

전화는 일방적으로 끊기고, 그게 무슨 뜻인지 궁금했던 엄마는 참지 못하고 직접 KTX를 타고 부산으로 향했다.

　부산역에 도착할 때까지도 엄마는 도무지 그 뜻을 알아낼 수가 없었다. 그런데 막 내릴 준비를 하고 있는데, 안내방송이 흘러나왔다.

　"저희 KTX를 이용해주신 승객 여러분 대단히 감사합니다. 저희 KTX는 1일 15회 왕복운행을 하고 있으며, 승객 여러분의 편의를 위해 주말에는 20회 왕복운행을 하고 있습니다."

멍이 든 이유

　남편이 아침에 부인에게 말했다.

　"여보, 미안하오. 간밤엔 술이 너무 과했소. 눈에 멍까지 들어 돌아왔으니…."

　그러자 돌아오는 이내의 대답이 이랬다.

　"괜찮아요, 뭘. 눈에 멍이 든 건 집에 돌아온 후였으니까요."

겁나는 습관

　갓 신혼여행에서 돌아온 새신랑을 친구들이 흥미진진해 하며 에워쌌다.

　"어때, 첫날밤은 재미있었어?"

　"어휴~ 말도 마."

"왜? 안 좋았어?"

"아니 너무 근사했어. 그런데 습관이라는 게 참 무섭더군. 너무 좋았던지 나도 모르게 베개 밑에 2만원을 넣어줬던 거야…."

"저런, 마누라가 잔뜩 화났겠구먼."

"아녀… 그래도 잠결에 5천원을 거슬러주던 걸…?"

가슴 아픈 사연

맹구와 순자가 결혼을 하여 신혼 첫날밤을 신부 순자네 집에서 보내기로 했다.

축하객들이 모두들 돌아간 한밤중. 갑자기 신혼부부 방에서 신부 순자의 목소리가 울려 퍼졌다.

"안 돼! 그건 안 돼요!"

순자의 목소리에 순자 엄마가 깜짝 놀라며 잠에서 깨어났고, 걱정스러운 나머지 즉시 신방으로 달려가 보았다.

그런데 방문을 열어보니 맹구와 순자가 벌떡 일어선 맹구의 그것을 서로 움켜쥔 채 실랑이를 벌이고 있는 게 아닌가.

순자의 엄마가 혀를 차면서 딸을 타일렀다.

"얘, 결혼하면 다 그러는 거야. 그러니 어서 네 신랑이 하자는 대로 해."

그 말에 순자가 인상을 찡그렸다.

"엄만 사정도 모르면서…?"

"?"

"이걸 일으켜 세우는 데 꼬박 두 시간이 걸렸단 말예요. 간신히 이만큼 만들어놨는데, 글쎄 맹구 씨가 오줌을 누겠다고 하잖아요!"

훔쳐보지 말라고

어느 집에 자매가 있었는데, 동생이 먼저 시집을 가게 되었다. 언니는 겉으로 웃고 있었지만, 동생이 자기보다 먼저 결혼하는 것에 대해 무척 화가 났다. 그래서 동생의 속옷을 모두 짧게 잘라버렸다.

그런 줄도 모르고 신혼여행을 떠난 동생.

호텔 방에 도착해 신랑이 말했다.

"나 먼저 샤워할 테니까 절대 훔쳐보면 안 돼."

"알았어요."

신랑이 욕실로 들어가고, 신부도 옷을 갈아입으려고 가방을 열었다. 그런데 가방 안에 든 속옷이 모두 비키니처럼 되어 있는 게 아닌가!

기가 막혀 입이 딱 벌어진 그녀의 입에서는 이런 말이 흘러나왔다.

"아니, 뭐가 이렇게 짧아!"

그러자 신랑이 욕실 문 밖으로 고개를 쏙 내밀며 하는 말.

"이씨~ 훔쳐보지 말랬지!"

처의 다양한 유형

✱ 고래고래 악을 잘 쓰면 – 악처

✱ 힘든 가사로 매우 지쳐 있으면 – 현지처

✱ 가까이 살고 있으면 – 근처

✱ 그림 솜씨가 있으면서 나의 특징을 잘 알고 있으면 – 캐리커처

✱ 약간의 찰과상을 입었다면 – 일부다처

골탕

결혼을 코앞에 둔 용구가 술집에서 혼자 술을 마시고 있었다.

그때 갑자기 만석이 뛰어 들어와 말했다.

"야, 이 한심한 친구야! 너 대체 어쩌려고 그래?"

"뭐가?"

"네 약혼녀가 지금 웬 낯선 놈이랑 침대 위에서 뒹굴고 있단 말이야. 근데 넌 여기서 술만 처먹고 있냐?"

그 말을 들은 용구가 술잔을 내려놓고 벌떡 일어서며 소리쳤다.

"내 이것들을 그냥…!"

그렇게 술집을 나간 용구는 얼마 뒤 숨을 헐떡이며 다시 술집으로 돌아왔다.

"어떻게 했냐?"

만석이 묻자 용구가 말했다.

"가보니까 불을 환하게 켜놓고 누워 있잖아. 그래서 몰래 불을 꺼버리고 왔지."

"?"

"서로 못 쳐다보게 말이야. 녀석들, 지금쯤 아마 꽤나 골탕 먹고 있을 거야."

영구의 프러포즈

맹구가 같은 직장에 다니는 영구를 만나 물었다.

"자네 엊저녁에 순님 이한테 프러포즈한다더니?"

"응, 하긴 했어. 하지만 잘 안 됐어."

"아니, 왜?"

영구가 말했다.

"나 같은 월급쟁이한테는 시집올 수가 없다는 거야."

"아니, 월급쟁이면 어때서? 돈이야 기업을 하는 자네 외삼촌께서 쓰고 남을 정도로 갖고 계시지 않은가?"

"물론 그 얘기도 해줬지. 어떻게든 마음을 돌려보려고 말이야. 근데 그녀가 그러더군."

"뭐라고?"

"외삼촌을 소개시켜달라고."

남자의 임신

용구가 몸이 찌뿌드드해 병원에 갔더니 의사가 검사용 소변을 받아오라고 했다.

그런데 용구가 병원을 나온 사이, 간호사가 잘못하여 용구의 소변을 엎지르고 말았다. 난감해진 간호사는 망설이다가 옆에 있는 다른 검사용 소변의 절반을 용구의 소변 통에 담았다.

다음날 병원에 갔더니 의사가 검사 결과와 용구를 번갈아 쳐다보는 것이었다.

용구가 덜컥 겁이 나서 물었다.

"무슨 큰 병이라도 걸렸나요?"

"내 의사생활 20년에 이런 경우는 처음이오."

"예? 뭡니까?"

"당신은 지금 임신 중이오."

그러자 용구는 매우 성난 목소리로 이렇게 내뱉었다.

"우~ 씨! 이놈의 마누라가 참말로! 자기가 뿌득뿌득 우기면서 자꾸만 위에서 한다고 하더니 기어코 나를 임신시키고 말았네. 정말 짜증나, 둘이 번갈아가면서 아이를 낳으면 어떻게 먹여 살리라고!"

바람

한 레스토랑에 남녀 한 커플이 앉아 있는데 가만히 보니 둘 다 무척 즐거워하는 눈치였다.

그런데 여자가 흘긋 다른 쪽을 보는 사이에 웨이터가 급히 그들 쪽으로 달려와서 이렇게 말했다.

"부인, 방금 전에 댁의 남편이 식탁 밑으로 기어 들어갔습니다."

그러자 그 여자가 말했다.

"무슨 소리예요? 내 남편은 방금 저 출입문을 열고 들어왔어요."

거울 속의 그것

하루는 남편이 퇴근하여 집에 돌아가자마자 아내가 말했다.

"여보, 나가서 고기를 좀 사야겠으니 20달러만 줘요."

"20달러나? 당신 미쳤어? 당장 이층 욕실로 와봐. 내가 당신한테 보여줄 게 있어."

그래서 아내가 욕실로 달려갔더니 남편이 거울 앞에 서서 20달러짜리 지폐를 꺼내 보이며 말했다.

"거울 속에 있는 저 20달러 보이지? 저건 당신 거고, 이건 내 거야."

이튿날, 남편이 직장에 갔다가 집에 돌아와 보니 부엌 식탁 이쪽 끝에서 저쪽 끝까지 고기로 가득 차 있는 것을 발견했다.

남편이 아내에게 달려가 소리쳤다.

"여보, 여보! 도대체 이 많은 고기들이 모두 어디서 난 거야?"

아내가 대답했다.

"음, 당장 욕실로 올라와 봐. 내가 당신한테 보여줄 게 있어."

남편이 욕실로 들어가자 아내는 거울 앞에 서서 자기 스커트를 걷어 올리고 말했다.

"거울 속에 있는 저거 보이지? 저건 당신 거고, 이건 정육점 주인 거야."

내숭

혼전 섹스를 즐기던 여자가 어떤 남자를 만나 결혼하는 데 성공했다.

그런데 이 여자는 자신의 과거를 숨기기 위해 내숭을 떨기로 했다. 그래서 첫날밤에 신랑이 신부에게 옷을 벗으라고 하자 그녀는 무척 부끄러워하면서 말했다.

"전 어릴 때부터 남들 앞에서는 옷을 벗지 말라는 어머니 말씀을 듣고 자랐어요. 이제 와 새삼 어머니의 가르침을 어길 수가 없군요."

그러자 신랑은 "하는 수 없지 뭐" 하고 그냥 자려고 했다.

그런 신랑의 등 뒤에서 신부가 다시 입을 열었다.

"하지만 지금은 엄연히 당신의 아내가 된 몸. 어머니의 가르침을 따르는 것도 중요하지만 아내로서 남편의 뜻도 거역할 수 없으니, 대체 어쩌면 좋을까요?"

신랑이 난처해하며 물었다.

"그럼 어떡했으면 좋겠어?"

여자가 고민하는 척하다가 이렇게 말했다.

"위쪽은 어머니 말씀대로 입고, 아래쪽은 당신의 요구대로 벗도록 하겠어요."

너와 나만 가지고 있는 것

머리가 아주 나쁜 신랑이 결혼을 했다.

신혼여행을 떠나기에 앞서, 아들이 걱정됐던 신랑의 아버지는 아들에게 휴대폰을 하나 사주면서 모르는 것이 있으면 수시로 물어보라고 했다.

아버지의 가르침을 일일이 받아가며 신혼여행 첫날밤을 보내게 된 신랑.

아버지가 지시했다.

"먼저 목욕을 해라. 그러고 나서 옷을 벗기고 부드럽게 애무하면서 너와 나만 가지고 있는 그것을 여자의 그곳에 집어넣는 거야."

"별로 어려운 것도 아니네요 뭐."

교신을 끝낸 아들은 히죽히죽 웃으면서 들고 있던 휴대폰을 신부의 그곳에 집어넣었다.

부전여전

　단정한 슈트 차림의 한 남자가 거리를 활보하는 젊은이들의 옷차림을 손가락질하며 옆에 있던 사람에게 큰소리로 말했다.

　"저 아이 좀 보세요. 저게 사냅니까, 계집앱니까?"

　옆의 사람이 말했다.

　"계집애예요. 제 딸이죠."

　"아이구, 이거 죄송합니다. 저 애의 어머니인 줄도 모르고…."

　"이보시오, 난 쟤 엄마가 아니라 아빠 되는 사람이오!"

혼전관계의 정의

이벤트 PD : 화끈한 이벤트 사업이다.

극장주인 : 일종의 예매행위다.

국회의원 : 날치기 통과다.

세일즈맨 : 견본품이다.

회사원 : 가불행위다.

학생 : 철저한 예습이다.

군인 : 정찰임무 수행이다.

산악인 : 사전답사다.

공무원 : 월권행위다.

은행원 : 약속어음 발행이다.

법무사 : 가등기다.

야구선수 : 시합 전 프리베팅이다.

도끼 자국

한 남자아이가 엄마를 따라 여탕에 갔다.

목욕탕 자체가 신기했던 남자아이는 이곳저곳을 돌아다니다가, 문득 어떤 아줌마의 거기를 보고 말했다.

"어? 아줌마, 그게 뭐예요?"

순간, 당황한 아줌마가 더듬거리며 둘러댔다.

"어? 이… 이거…? 이거 도끼에 찍힌 자국이야."

그러자 남자아이가 하는 말.

"도끼가 하필 아줌마 ××에 정통으로 찍혔네요!"

꿈의 의미

잠에서 깬 여자가 남편에게 가서 말했다.

"나는 당신이 내 생일선물로 다이아몬드 목걸이를 주는 꿈을 꾸었어요. 그것이 무슨 의미를 가진다고 생각해요?"

남편이 말했다.

"당신 생일이 되면 알게 될 거야."

그녀의 생일날, 남편은 작은 꾸러미를 갖고 와 아내에게 주었다. 그녀는 기뻐하며 꾸러미를 열었다. 그랬더니 그 안에는 '꿈의 해석'이라는 제목의 책이 들어 있었다.

결혼 전에 꼭 해야 할 12가지

1. 선글라스 준비하기
 - 볼 거 못 볼 거 다 보게 되어 환상이 깨지게 된다.

2. 좋은 영화 몽땅 다 보기
 - 요즘 영화 볼 거 없다는 핑계로 진한 거 봐도 창피하지 않다.

3. 충분한 수면 취하기.
 - 이유 없이 밤이 짧아진다.

4. 눈높이 조절하기
 - 남편, 마누라 빼고 다 잘생기고 예뻐 보인다.

5. 매일 '뽀뽀뽀'와 '혼자서도 잘해요' 보기.
 - 아기 보기 정말 장난이 아니다.

6. 골프 제대로 배우기
 - 얄팍한 퍼팅보다 홀인원이 필요하다.

7. 좋아하는 TV 프로그램 실컷 보기

– 애들 좋아하는 만화영화, 아내 좋아하는 드라마만 보게 된다.

8. 동네아줌마와 친해지기

– 장보러 갈 때 많은 도움이 된다.

9. 자기만의 비밀 보관함 만들기.

– 가끔 반지나 시계를 풀어야 하는 경우가 생긴다.

10. 스트레칭 열심히 하기

– 무리 없는 자세가 나온다.

11. 번지점프로 담력 키우기

– 밤이 무섭지 않게 된다.

12. 빨간색 와이셔츠 준비하기

– 우연한 립스틱 자국이 당신 팔자를 바꿀 수 있다.

부부싸움의 10도

제1도

상대방의 특기와 주먹의 강도를 미리 알고 덤비니 이를 지(智)라 한다.

제2도

비록 상대방이 아픈 표정을 짓는다 해도 이를 과감히 무시하는 것이니 이를 강(强)이라고 한다.

제3도

때려서 피가 나는 곳은 두 번 때리지 않으니 이를 선(善)이라 한다.

제4도

싸움 도중에도 두발이나 의상이 흐트러지면 바로 고치는 것이니 이를 미(美)라 한다.

제5도

옆집에서 살림을 부수며 싸우는 것을 안타까워하는 것이니 이를 인(仁)이라 한다.

제6도

말리는 사람이 있어도 말리는 사람 어깨 너머로 과감히 주먹을 날리는 것이니 이를 용(勇)이라 한다.

제7도

맞은쪽보다는 때린 쪽이 먼저 사과해야 하니 이를 예(禮)라 한다.

제8도

살림을 부숴도 값나가는 것은 차마 부수지 않으니 이를 현(賢)이라 한다.

제9도

주먹을 날리면서도 서로 설마 나를 정통으로 때리지는 않겠지 하고 생각하는 것이니 이를 신(信)이라 한다.

제10도

싸움이 끝난 뒤 맞은 곳을 서로 주물러주고 잔해 처리를 함께하는 것이니 이를 의(義)라 한다.

목장주인과 게이

목장을 크게 일군 남편이 죽자 그의 아내가 가업을 잇기로 결심했다. 그러나 그녀는 목장경영에 대해서 아는 것이 전혀 없었다. 그래서 목장 종업원을 구한다는 구인광고를 냈다.

얼마 후 두 남자가 구직을 신청했는데 한 명은 게이였고, 다른 한 명은 주정뱅이였다. 그녀는 한동안 망설였다. 그리고 더 이상 신청자가 없자 주정뱅이보다는 게이를 집에 두는 것이 더 안전하겠다는 생각으로 게이를 선택했다.

얼마 후 그녀는 자신의 선택이 옳았음을 알았다. 그 게이가 놀라울 정도로 부지런한 일꾼이었던 것이다. 그는 날마다 오랜 시간 열심히 일했고, 목장 일에 대해서도 속속들이 잘 알고 있었다. 그래서 두 사람이 한 달 정도 손발을 맞추자 목장 일은 아주 순조롭게 잘 돌아갔다.

어느 날 목장주인 여자가 그 게이 일꾼에게 말했다.

"잭, 당신은 일을 아주 잘해요. 그리고 우린 지난 달 내내 일만 했어요. 목장 일은 잘 되고 있으니 이제 안심이 되네요. 나는 토요일 밤에 시내에 가서 두 발 뻗고 쉬면서 마음껏 취해보고 싶네요. 그러니 당신도 그렇게 하세요."

"그러겠습니다."

잭도 기꺼이 동의했고, 두 사람은 토요일 밤에 각자 시내로 향했다.

목장 주인 여자는 모처럼 만난 친구들과 함께 저녁을 먹고 많은 술을 마셨다. 그리고 대화를 나누고 춤을 추며 재미있는 시간을 보내고 나서 자정쯤에 집에 도착했다. 잭은 아직 집에 없었다. 그녀는 그를 기다리기로 했다.

그런데 한 시가 돼도 일꾼은 돌아오지 않았고, 두 시가 지나도 오지 않았다. 그녀는 속으로 걱정이 되기 시작했다. 잭은 두시 반이 되자 돌아왔다.

주인여자가 벽난로 옆에 앉아서 잭을 그녀 옆으로 불렀다.

"자, 난 당신 주인이에요."

그녀가 말했다.

"그러니 잭 당신은 내가 말하는 대로 해야 해요, 알았어요?"

"아, 예. 물론입죠."

잭이 대답했다.

그녀가 속삭였다.

"그러면 이제 내 블라우스 단추를 풀어요."

잭은 그녀가 요구하는 대로 했다.

"이제 내 구두를 벗어요."

잭은 시키는 대로 했다.

"이제 내 스타킹을 벗어요."

그는 시키는 대로 했다.

"이제 내 스커트를 벗어요."

그는 그렇게 했다.

"이제 내 브래지어를 벗어요."

잭은 이번에도 그녀가 요구하는 대로 했다.

"이젠 내 팬티를 벗어요."

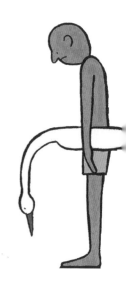

40

그는 또다시 그녀의 요구대로 따랐다.

그러자 그녀가 잭을 정면으로 응시하며 단호한 어조로 말했다.

"앞으로 다시는 시내에 나갈 때 내 옷을 입고 가지 말아요. 알겠어요?"

수건

어린 꼬마의 엄마가 둘째아이 출산일이 임박했다.

하루는 꼬마가 엄마 방에 들어갔다가 엄마가 옷을 다 벗고 누워 있는 걸 보았다.

꼬마가 엄마한테 물어보았다.

"엄마, 다리 사이에 있는 그 털이 뭐야?"

엄마가 대답했다.

"이건 내 수건이란다."

수주일 후 엄마는 무사히 둘째아이를 출산했다. 꼬마가 다시 엄마 방에 들어갔다가 다리 사이를 보게 되었다. 엄마는 병원에 있을 때 다리 사이를 제모 했었다.

"엄마 수건은 어떻게 했어?"

엄마가 대답했다.

"응, 그건 잃어버렸어."

소년은 엄마를 도와주고 싶어서 자진하여 엄마의 수건을 찾아보기로 했다.

그러다가 며칠 후 갑자기 엄마한테 뛰어가 소리쳤다.

"엄마, 내가 엄마 수건을 찾았어!"

엄마는 아이가 장난치는 소린 줄 알고, 아들의 말에 동조하면서 물어보았다.

"너 그걸 어디서 찾았니?"

꼬마가 대답했다.

"응, 그걸 가정부아줌마가 갖고 있었는데, 아줌마가 그걸로 아빠 얼굴을 닦고 있었어."

첫 경험에서 배운 것

외출했던 어니가 집에 돌아와서 난생 처음 섹스를 해봤다고 말했을 때, 엄마는 조금도 기뻐하지 않았다. 오히려 아들의 얼굴을 때리고 저녁밥도 주지 않은 채 외면해버렸다.

얼마 후, 아빠가 집에 돌아와 그 소식을 듣고 아들의 방을 찾았다.

"자, 우리 아들!"

아빠는 속으로 무척 기뻐하면서 훈계했다.

"너도 다 컸으니까 이번 경험을 통해 뭔가를 배웠기를 바란다."

"물론 배운 게 있죠."

아들이 흔쾌히 인정하고 말했다.

"다음번엔 바셀린을 사용하겠어요. 항문이 아파 죽겠어요!"

그날은 안 돼

어떤 여자가 의사를 찾아왔다.
"항상 몸이 피곤하고 쉽게 지치는 것 같아요."
그런데 진단 테스트 결과 아무 이상이 없었다.
의사가 그녀에게 물어보았다.
"평소 부부관계는 어떠세요? 섹스를 얼마나 자주 하시죠?"
"매주 월요일, 수요일, 그리고 토요일에 해요."
그녀의 말에 의사는 수요일은 하지 말라고 충고했다.
"그럴 순 없어요."
"?"
"그날은 집에서 남편과 함께 하는 유일한 밤이라구요!"

마당은 세일 중

하루는 미시간 주의 한 남자가 외출하여 노인 전용 아파트 옆을 지나게 있었다.
그가 아파트 앞 잔디밭을 지날 때 9명의 할머니가 안락의자에 앉아

일광욕을 하고 있었다. 호기심에 좀 더 가까이 다가가 보니 놀랍게도 그들은 모두 완전 나체인 것이 아닌가.

남자는 그 아파트 관리사무실을 찾아가서 관리인에게 물어보았다.

"9명의 할머니가 나체로 앞 잔디밭에 누워 햇볕을 쬐고 있는걸 알고 있소?"

"물론이오."

관리인이 대답했다.

"그 할머니들은 모두 이 노인 전용 아파트에 살고 있는 은퇴한 매춘부들인데, 지금 할머니들이 마당 세일행사를 하고 있는 중이라오. 혹시 관심 있으시오?"

폭발 직전

마크와 메리는 고등학교에 다닐 때부터 단짝이고 연인이었지만, 결코 섹스를 하지는 않았다. 메리는 분위기가 달아오를 때마다, "우린 결혼할 때까지 기다려야 해" 하고 말했고, 마크는 기다리기로 했다.

그들은 약혼하고 2년이 지나, 드디어 결혼식 날이 되었다.

결혼 첫날밤에 메리가 욕실에서 나와 말했다.

"나쁜 뉴스가 있어. 나 지금 생리 중이야. 그리고 난 우리의 첫날이 피로 더럽혀지는 건 싫어!"

"설마!"

마크가 아쉬워하자 메리가 그를 달래며 말했다.

"우리 조금만 더 기다리자, 응?"

그렇게 해서 두 사람은 아무 일도 없이 첫날밤의 잠을 청했다.

새벽 3시, 메리는 문득 목마름을 느끼고 잠에서 깼다. 냉장고를 열어 물을 한잔 마신 그녀는 침대로 돌아가다가 마크가 눈을 크게 뜨고 천장을 빤히 쳐다보고 있는 걸 발견했다.

메리가 마크에게 말했다.

"소용없어 마크, 너도 그만 자는 게 좋겠어."

마크가 말했다.

"그래야겠어. 하지만 내 페니스가 너무 크게 발기해서 남아 있는 피부가 눈을 감길 만큼 충분하지가 않아!"

팬티를 입지 않은 아내들

영국인과 아일랜드인 그리고 스코틀랜드인이 골프를 치러 갔는데 그들의 아내들도 캐디로 따라갔다.

그런데 골프코스를 걷고 있던 중 영국인의 아내가 갑자기 토끼 구멍에 발이 빠지는 바람에 쿵하고 바닥에 쓰러졌다. 그 바람에 그녀의 스커트가 올라갔는데, 그녀가 팬티를 입지 않은 것이 드러났다!

영국인이 아내한테 화가 난 소리로 추궁했다.

"창피하게! 왜 팬티를 입지 않은 거요?"

그녀가 설명했다.

"음, 여보. 당신이 용돈을 너무 적게 주는 바람에 내가 이런 요상한 희생을 해야 했어. 평소에는 아무도 눈치 채지 못하잖아?"

영국인은 즉시 자기 호주머니에 손을 넣고 지폐를 꺼내주며 말했다.

"자, 10파운드야. 마크앤스펜서 가게에 가서 속옷 좀 사."

2번 홀에서는 아일랜드인의 아내가 두더지 흙 두둑에 걸려 넘어졌다. 이번에도 그녀의 스커트가 그녀의 얼굴을 덮어 그녀 역시 노팬티임이 드러났다!

아일랜드 인이 화를 내며 아내에게 속옷을 입지 않은 이유를 추궁했다.

그녀가 설명했다.

"음, 여보. 당신이 용돈을 너무 적게 줘서 속옷을 살 수가 없었다고."

그러자 아일랜드인은 자기 호주머니에 손을 쑥 집어넣고 말했다.

"여기 5파운드 있어. 울워스 상점에 가서 팬티를 좀 사."

3번 홀로 갔을 때, 스코틀랜드인의 아내가 나무뿌리에 걸려 넘어져서 스커트를 뒤집어쓴 채 쓰러졌는데 그녀도 팬티를 입지 않았다!

화난 남편이 추궁하자 그녀도 다른 여자들과 같이 용돈이 부족하다는 것이었다.

스코틀랜드인이 자기 호주머니에 손을 쑥 넣고 말했다.

"자, 빗이야. 당신은 적어도 몸이라도 좀 단정히 할 수 있다고."

배운 건 써먹어야지

어느 부부는 금지옥엽 키운 딸을 일찌감치 시집보내기로 했다. 아리따운 처녀의 나이는 방년 19세. 때마침 적당한 혼처도 나타났다.

결혼을 코앞에 둔 어느 날, 처녀는 이웃집에 볼일을 보러 갔는데 때마침 어른은 없고 떡꺼머리 총각만 혼자 있었다.

처녀의 아름다운 얼굴과 몸매에 홀딱 반한 총각이 넌지시 한마디 던졌다.

"시집갈 날이 얼마 안 남았군요. 그런데 첫날밤 연습도 안하고 가나요? 첫날밤이 재미없어 바람난 신랑이 많다오. 첫날밤을 잘 못 치르면 소박맞기 십상이지요."

그 말을 들은 처녀는 더럭 겁이 났다.

"그러면 어떡해요? 제게 좀 가르쳐주실 수 없나요?"

"그야 뭐 어렵지 않은 일이지요. 그렇지만 그건 말로만 가르쳐 줄 수가 없고 몸을 부딪쳐 자꾸 해봐야 알게 되고 또 그래야 느는 법이지요."

이윽고 처녀, 총각은 서둘러 한 몸이 되었고, 열심히 수련을 쌓았다. 그리고 그 후로도 총각과 처녀는 매일 밤마다 만났고, 시집갈 날이 다 되자 처녀의 기술은 어느덧 요부의 경지에 다다랐다.

드디어 처녀가 시집가는 날, 첫날밤. 신부가 된 처녀는 온갖 기술을 다해 돌리고 잘근잘근 씹고 빨고 흥분했다.

신랑이 한탕 끝내고 가만히 생각하니 돌리고 소리 지르는 폼이 신부가 처녀가 아닌 것이 분명했다. 화가 난 신랑은 어느 놈과 굴러먹었냐며 신부를 때려서 내쫓았다.

이를 문구멍으로 들여다보던 신부 엄마는 쫓겨나온 신부를 붙들고 호통 치며 따져 물었다.

"대체 어떤 놈이냐, 응?"

신부가 사실대로 실토했다.

"옆집 총각이 날더러 안배우고 시집가면 소박맞는다고 해서 열심히 배운 죄밖에 없어요."

이야기를 다 듣고 난 신부의 엄마가 한탄했다.

"아, 이 못난 년아! 그러면 네 신랑이 옆집 총각도 아닌데, 그런 건 옆집 총각하고만 써먹을 일이지, 배운걸 아무한테나 막 써먹으면 어떡해!"

그러자 신부가 말했다.

"아니… 한참 홍콩을 왔다 갔다 하는 판에 그게 옆집 총각인지 신랑인지 어떻게 알아…??"

연령별 차이

아내가 설거지 하는데 남편이 엉덩이를 툭 쳤다.

20대 : 아잉~ 왜 그래. 아까 했잖아!

30대 : 자기도 참~! 부끄럽지 않아요?

40대 : 이 양반이 뭘 잘못 먹었나? 설거지나 좀 해요.

50대 : 제 명대로 살고 싶으면 좀 가만히 있어요!

60대 : 능력이나 있수?

몰라

어느 날 지방출장을 마치고 집으로 돌아온 남편은 눈앞에 벌어진 광경을 보고 깜짝 놀랐다. 아내가 자기 침대에서 웬 낯선 사내와 뒹굴고 있는 것이 아닌가!

남편이 빽 소리쳤다.

"아니, 당신 지금 무엇하고 있는 거야? 이 죽일…!"

그러자 알몸으로 사내와 뒹굴던 아내는 사내에게 이렇게 속삭이는 것이었다.

"제 말이 맞죠? 저 사람은 멍청해서 우리가 지금 뭘 하고 있는 지도 모른다구요."

기회

어느 날, 재벌 2세와 하룻밤을 보낸 딸이 아버지에게 임신했다며 울면서 말했다. 화가 머리끝까지 치민 아버지는 그 즉시 남자를 찾아가

멱살을 움켜잡았다.

그러자 재벌 2세가 말했다.

"제가 도의적인 책임을 지겠습니다. 만일 따님이 아들을 낳으면 10억을 드리고, 딸을 낳으면 7억 원을 위자료로 드리겠습니다."

그러자 아버지가 태도를 바꾸고 되물었다.

"만일 유산됐을 경우엔 한 번 더 기회를 줄 수 없겠는가?"

우물물

"서방님, 요즘 웬일로 제 우물가에 얼씬도 않으신지요?"

"임자 우물이 너무 깊고 물도 메말라서 그렇소이다."

"어머, 그게 어찌 소첩의 우물 탓인가요. 서방님 두레박 끈이 짧고 두레박질이 하 시원찮아서 그렇지요."

"거 뭔 섭섭한 소리요? 이 두레박질에 이웃 샘에서는 물만 펑펑 솟더만!"

"아니, 서방님 그럼 그동안 이웃집 샘을 이용하셨단 말인가요?"

"그럼 어쩔 수 없잖소, 임자 샘물이 메마르다 보니 이웃 샘물을 좀 이용했소이다."

"참 이상하네요. 이웃 서방네들은 제 샘물이 달고 시원하다며 벌써 몇 달째 애용 중이니 말입니다."

더욱 안 되는 이유

딸 : 아빠! 나 친구들이랑 해수욕장에 놀러갔다 올게요.

아빠 : 남자친구니, 여자 친구니?

딸 : 남자친구도 있고, 여자 친구도 있어요.

아빠 : 안 돼!

딸 : 아이 참! 여자들은 아무 준비 없이 몸만 가면 된다구요.

아빠 : 그래서 더더욱 안 된다는 거야, 이놈아!

낮이고 밤이고

남편을 먼저 보낸 과부가 떡 장사를 하면서 장성한 자식들과 하루하루를 살고 있었다.

하루는 딸이 엄마의 떡 만드는 일을 거들면서 물었다.

"힘드시죠, 엄마?"

"에구, 너희 아버지만 있었어도 좋았을 것을! 갑자기 돌아가신 네 아버지 생각이 나는구나."

딸이 다시 물었다

"아빠 일을 참 잘 하셨죠?"

엄마가 한숨을 내쉬면서 말했다.

"그럼, 그렇고말고! 낮이고 밤이고 떡치는 일이라면 최고였단다."

꿰매 달랬지

갓 결혼한 신랑신부가 있었는데, 신랑이 좀 모자랐다.

첫날밤에 똑똑한 신부가 먼저 샤워하고 신랑을 맞이할 준비를 하고 기다리는데, 씻고 나온 신랑이 그냥 쓰러져 자버리는 것이었다. 신부는 '큰일 치르느라 피곤해서 그러겠지' 하고 그날 밤을 대수롭지 않게 넘겼다.

그런데 이튿날 잔뜩 기대하고 기다렸지만 그날도 아무 일없이 그냥 지나가고, 그 이튿날도 마찬가지였다. 신혼여행은 그렇게 허무하게 끝나버리고 말았다.

신접살림을 차린 부부는 남들 눈엔 행복하게 보였으나 신랑은 몰라서 그런다 치고 신부는 밤마다 허벅지를 바늘로 찌르는 나날이 반복되었다.

궁리 끝에 신부는 자기가 신랑을 유혹해보기로 했다. 그래서 신랑이 샤워하기를 기다렸다가 불쑥 욕실 문을 밀고 들어가서 말했다.

"자기야, 내가 등 밀어줄게…"

하지만 신랑의 표정은 여전히 소가 닭쳐다보듯 무표정했다. 신부가 알몸으로 뛰어들었는데도 말이다.

당황하고 앞이 캄캄한 신부가 돌아 나오려는데 갑자기 신랑이 그녀를 붙잡으며 말했다.

"들어온 김에 자기도 샤워하고 나가. 내가 씻겨줄게."

'좋았어…!'

신부는 내심 쾌재를 부르며 신랑에게 자기 몸을 내맡겼다.

하지만 아무리 몸을 맡기고 기다려도 그뿐이었다. 신랑은 머리부터 허리까지 씻겨주면서도 아무런 동요가 없었다. 그러다가 신부의 아래쪽을 씻어주다가 갑자기 두 눈을 동그랗게 뜨는 것이었다. 그가 자신의 몸과 비교하며 아무 것도 없는 신부의 그곳을 유심히 살펴보더니 갑자기 꼭 껴안으며 말했다.

"그동안 많이 아팠겠다, 그치? 이렇게 깊고 큰 상처가 있어서…. 내일 나랑 같이 병원에 가자. 병원 가서 꿰매면 안 아플 거야…."

그 말을 들은 신부는 기가 찰 노릇이었다.

다음날 신혼부부는 함께 병원을 찾아갔는데, 젊은 의사는 신부에게 아주 특별한(?) 처치를 해주고 있었다.

밖에서 기다리다 못한 신랑이 벌컥 진료실 문을 열어젖히자 깜짝 놀란 의사가 엉거주춤 바지춤을 올리는 것이었다.

그런데 바보 신랑은 의사는 제쳐두고 다리 벌린 채 누워 있는 자기 신부의 거시기를 유심히 살펴보더니 다짜고짜 의사의 귀싸대기를 올려치는 것이었다.

신부와 의사 모두 '이젠 죽었구나!' 하고 있는데, 화가 잔뜩 난 신랑이 소리쳤다.

"자식아! 내가 꿰매 달랬지 언제 풀 갖고 붙여 달랬어 엉…?!"

싫어하는 이유

남자 골퍼들이 벙커를 싫어하는 5가지 이유

1. 물이 없다.
2. 잔디(풀)가 없다.
3. 건드리지 못한다.
4. 너무 크다.
5. 누구의 공이나 다 수용한다.

낙하기술

가정불화로 일가족 세 명이 롯데타워 꼭대기에서 함께 투신했으나 모두 죽지 않고 살았다. 대체 어찌된 일일까?

아버지 : 제비이기 때문에.
어머니 : 치맛바람이 센 여자라서.
아들 : 비행 청소년이었다.

북극곰

인내심이 무척 강한 남자가 있었는데, 마음씨는 착했지만 바람을 피운다는 것이 큰 단점이었다. 아내가 온갖 방법을 다 써보았으나 남자는 자기 부인을 쳐다보지도 않았다. 결국 참다못한 아내는 자기 남편을 북극으로 보내버렸다.

일주일 후, 아내는 남편이 슬슬 걱정되기 시작했다. 그래서 어떻게 지내나 하고 북극으로 찾아가 보았다.

그랬더니… 인내심 강한 그 남자는 북극곰에게 열심히 마늘을 먹이고 있었다….

야한 라디오

어떤 여자가 결혼을 했는데 덜떨어진 남편이 섹스에는 관심이 없고 오로지 휴대용라디오에만 집착하는 것이었다.

하루는 여자가 남편이 욕실에서 샤워를 하는 동안 남편이 애지중지하는 휴대용라디오를 숨겨놓고 알몸으로 침대에 누워 남편이 나오기를 기다렸다.

욕실에서 나온 남편은 언제나 그랬듯이 휴대용라디오를 들으려고 했으나 테이블 위에 둔 휴대용라디오가 보이지 않았다. 남편은 집안 구석구석을 이 잡듯이 찾았으나 찾을 수 없었다. 그때를 기다렸다는 듯이 여자가 말했다.

"뭘 그렇게 찾아요. 제가 당신의 라디오에요. 오른쪽 가슴이 FM이고 왼쪽 가슴이 AM이에요. 한번 작동시켜 보세요."

남편이 시키는 대로 아내의 오른쪽 가슴을 한참 주무르다가 빽 소리 쳤다.

"뭐야? 이거 아무소리도 안 나잖아?"

그러자 여자가 대답했다.

"건전지를 넣어야 소리가 나죠~!"

할 때마다 다른 상대

부부가 전통시장을 구경하다가 가축시장에 들렀다.

첫 번째 황소의 안내문에는 이렇게 쓰여 있었다.

"지난해 교미 50번."

그 글귀를 보고 입이 떡 벌어진 아내가 남편을 보고 말했다.

"일 년에 50번을 했대요. 당신도 좀 배워요!"

다음 황소에는 '지난해 65회 교미'라고 적혀 있었다.

아내가 또다시 말했다.

"한 달에 다섯 번도 더 했네요. 당신도 좀 배워요."

그런데 더욱 놀랍게도 마지막 황소에는 '지난 해 365번 교미'라는 글귀가 붙어 있었다.

아내가 딱 벌어진 입을 다물지 못한 채 남편한테 말했다.

"어머나, 세상에! 하루 한번이네요! 당신은 정말 배워야 해요!"

그러자 참다못한 남편이 아내한테 한마디 쏘아붙였다.

"어떤 미친 황소가 365일을 똑같은 암소랑 하는지 한번 물어보라고!"

아내와 오리

1. 돈 버는 능력은 없지만 집에 틀어박혀 살림은 잘하는 전업주부 =
집오리.

2. 전문직에 종사하며 안정적 수입이 있는 아내 = **청둥오리**.

3. 부동산, 주식투자 등으로 큰돈을 벌어오는 아내 =
황금 알을 낳는 오리.

4. 남편이 벌어다주는 돈 다 쓰고도 모자라 돈 더 벌어오라고 호통만
치는 아내 = **탐관오리**.

5. 모든 재산을 사이비종교에 헌납한 아내 = 주께가오리.

6. 돈 많이 드는 병에 걸리고도 명까지 긴 아내 = 어찌하오리.

7. 돈 많이 벌어놓고 일찌감치 죽어버린 아내 = 앗싸 가오리.

아내가 두려울 때

20대 : 외박하고 들어갔을 때.

30대 : 카드 고지서 날아왔을 때.

40대 : 아내의 샤워하는 소리가 들릴 때.

50대 : 아내의 곰국 끓이는 냄새가 날 때(곰국 먹는다고 달라질까?)

60대 : 아내가 해외여행 가자고 할 때(떼어놓고 올까봐).

70대 : 이사 간다고 할 때(새주소 알려주지 않고 놔두고 갈까봐).

인정

옆에서 조간신문을 읽던 남편은 모 인기여배우가 자신보다 멍청한 남자배우와 결혼한다는 기사를 보더니 말했다.

"덩치만 크고 머릿속에 든 것도 없는 사람이 어떻게 이렇게 매력적인 여자와 결혼할 수 있는 건지 모르겠단 말이야. 참, 복도 많지!"

그러자 아내가 미소 지으면서 이렇게 말했다.

"여보, 그렇게 말해주니 고마워요!"

염라대왕의 실수

40대 부인이 심장마비로 병원에서 수술을 받는 동안 염라대왕을 만나는 사망 직전의 경험을 했다.

"염라대왕님, 제 일생은 이제 끝난 건가요?"

염라대왕이 기록을 살펴보고 나서 대답해주었다.

"멀었느니라. 앞으로 40년은 더 남았느니라."

죽음의 문턱까지 갔다 온 부인은 제2의 인생을 그냥 그렇게 살 수는 없다고 생각했다. 그래서 이왕 병원에 온 김에 얼굴을 예쁘게 성형하고 지방흡입술로 날씬한 몸매를 만들어 퇴원했다.

그런데 병원을 나서는 순간 차에 치여 즉사했다.

저승에 간 그녀가 염라대왕에게 따졌다.

"아직 40년이 더 남았다면서요?"

그러자 염라대왕이 대답했다.

"미안하다. 내가 널 미처 알아보지 못 했느니라…"

야근

회사 사무실에서 부장이 자기 입사동기를 만나 큰소리로 떠들고 있었다.

"밤에 하는 그거는 순전히 노동이야. 그야 말로 아내를 위한 봉사일 뿐이지!"

입사동기의 말에 부장이 맞장구를 쳤다.

"맞아! 그건 그야말로 중노동이라고 할 수 있어. 우린 참으로 희생적이야. 가정을 위해 중노동을 마다않고 말이지."

부장이 문득 옆에 있던 신입사원을 돌아보며 물었다.

"자네도 그렇게 생각하지 않나?"

" 아예… 맞습니다."

신입사원은 얼떨결에 그렇게 대답했다. 그러고는 조용히 사무실을 나가면서 혼잣말로 중얼거렸다.

"그게 노동이면 니들이 하겠냐? 날 시키겠지…!"

달라진 세계관

갓 결혼한 남자가 친구들에게 고백했다.

남자 : 난 그깟 결혼으로 이렇게 세계관이 바뀔 줄 몰랐어.

친구들 : 무슨 말이야?

남자 : 결혼 전엔 온 세상 여자가 다 천사인 줄 알았어.

친구들 : 그런데?

남자 : 딱 한 명만은 아니었어.

친구들 : ….

우산이 필요해

변강쇠 부부의 다섯 번째 아이를 받아낸 산부인과 의사가 남편을 불러서 조용히 말했다.

"드디어 농구팀을 꾸릴 수 있게 됐군요."

"허허…! 어쩌다 보니 그렇게 됐습니다요."

"이제 선수들도 꽉 찼으니 피임을 해야 한다고 생각지 않으세요?"

그러자 변강쇠가 난처하다는 듯이 대답했다.

"의사 선생님, 그렇게는 못합니다. 우리에게 아이를 보내주시는 건 하느님의 뜻이잖아요!"

그러자 의사가 어이없어 하면서 충고했다.

" 맞는 말이지요. 하지만 비도 우릴 위해 주시는 건데, 우리는 비 맞는 게 싫어서 우산을 쓰잖아요?"

정말 곤란한 상황

어느 신혼부부가 첫날밤을 신부의 집에서 보내게 되었다.

그런데 이튿날 점심때가 되도록 방에서 나오지 않았다.

이상하게 생각한 가족들은 신부의 초등학생 동생에게 물었다.

"너 혹시 누나나 매형 못 봤어?"

"봤어."

"언제?"

"어젯밤 12시쯤에 자고 있는데, 매형이 내 방에 와서 로션이나 바셀린 없냐고 물었어."

그러자 가족들은 민망한 듯 웃으며 물었다.

"그래서 어떻게 했는데?"

"너무 졸려서 잠결에 찾아주긴 했는데, 아침에 일어나서 보니까 어제 준 게 본드였더라고."

공처가의 고민

한 공처가가 매우 초췌해진 몰골로 의사를 찾아갔다.

"선생님, 벌써 며칠째 계속 악몽에 시달리고 있어요."

의사가 말했다.

"진정하시고, 그 악몽에 대해 말해보세요."

"매일 밤 꿈속에서 열 명의 아내와 함께 사는 꿈을 꾸거든요. 정말 미치겠어요."

의사는 고개를 갸우뚱하며 물었다.

"그게 왜 악몽이죠? 좋을 것 같은데…?"

"뭐라고요?"

남자가 항변했다.

"그럼 선생님은 열 명의 여자를 위해 밥하고 빨래하고 청소해본 적

있으세요?"

부부생활의 상태

10대 부부 : 서로가 뭘 모르고 산다(환상 속에서).

20대 부부 : 서로가 신나게 산다(너무 좋아서).

30대 부부 : 서로가 한 눈 팔며 산다(권태기).

40대 부부 : 서로가 마지못해 산다(헤어질 수 없어서 체념하고).

50대 부부 : 서로가 가엾어서 산다(흰머리 잔주름이 늘어나서).

60대 부부 : 서로가 필요해서 산다(등 긁어 줄 사람이 아쉬워서).

70대 부부 : 서로가 고마워서 산다(같이 살아준 세월이 고마워서).

안 되겠니?

아버지가 큰딸을 불러놓고 자못 엄숙한 얼굴로 말했다.

"어제 회사로 인사 온 네 남자친구가 너랑 결혼하고 싶다더구나. 그 친구라면 난 만족한다만, 네 생각은 어떠냐?"

딸이 말했다.

"하지만 아빠, 전 엄마를 남겨두고 시집가는 게 너무 괴로워요."

그 말에 아버지가 희망에 부푼 눈빛으로 말했다.

"그래? 그럼… 네 엄마도 함께 데리고 가면 안 되겠니?"

부부싸움

매우 슬픈 표정을 한 남자가 바에서 혼자 술을 마시고 있었다. 그는 아무 말 없이 연거푸 술만 들이켰다.

사연이 궁금했던 마담이 조심스레 물어보았다.

"혹시 무슨 안 좋은 일 있으세요?"

그러자 그 남자는 깊은 한숨을 내쉬며 힘없는 목소리로 말했다.

"집사람과 좀 다퉜습니다."

"저런…!"

"그 후유증으로 한 달 동안 서로 말도 하지 말자고 약속했고요."

"세상에나…!"

남자가 말했다.

"그런데… 그 평화롭던 한 달이 오늘로 끝나지 뭡니까…."

"?…!"

드라마와 현실 다르다

1)친구와 약속이 있어 시내에 나갔다

드라마 : 어딜 가도 주차 할 곳이 꼭 있다.

현실 : 주차할 곳 찾아다니느라 시내를 몇 바퀴 돌아다니다가 겨우 남의 가게 앞에 몰래 주차하려다 욕만 무지 듣는다.

2)술 마시고 집에 늦게 들어갔다

드라마 : 아들 : 어머니! 죄송합니다. 오늘 넘 괴로워서 술 한 잔 했습니다.

엄마 : 그래! 어디서 그렇게 술을 많이 마셨니? 피곤 할 텐데 어서 올라가 자거라.

현실 : 아들 : 엄마! 오늘 괴로워서 한잔 했수다!

엄마 : 뭐시라? 괴로워라? 내가 너 땜에 더 괴롭다. 꼴도 보기 싫다! 퍼뜩 디지삐라.

3)몸이 아파서 병원에 갔다

드라마 : 깔끔하고 잘 생긴 의사, 섹시한 간호사, 하다못해 청소부 아줌마도 예쁘다.

현실 : 빨래하면 땟구정물 나올 법한 가운을 걸친 의사, 팔뚝 보면 힘깨나 쓰게 생긴 간호사, 볼일 볼 때 들락날락 하는 청소부 아줌마.

4)삼각관계

드라마 : 아주 자연스럽게 갈등하고 자연스럽게 경쟁하다 그럴듯하게 괴로워하면서도 아무 일 없다.

현실 : 만에 하나 그렇게 양다리 걸쳤다간 그나마 있던 애인한테 귀싸대기 얻어맞고 지지리 궁상 솔로 되기 일쑤다.

5)집에서의 옷차림

드라마 : 화사한 남방에 조끼 걸친 아버지! 옛날에나 입는 투피스 차림의 엄마! 외출복과 거의 차이가 없는 드레스를 입은 누나!

현실 : 담배 재의 영향으로 구멍 뻥~ 뚫린 메리야스 입은 아버지! 늘어난 티를 아무렇게나 걸친 엄마! 노랑 고무줄 머리에 묶고 타이즈 입고 돌아다니는 누나!

6)주위 사람들

드라마 : 술 사달라고 하면 언제든 등장하는 좋은 친구! 연인인지, 친구인지 구분이 안 되는 아주 친한 이성 친구! 아침 일찍 가게 앞을 청소하는 슈퍼 아저씨!

현실 : 허구헛날 여자 소개시켜달라는 선후배들! 걸핏하면 돈 빌려 달라는 일생에 도움 안 되는 친구들, 맨날 반 술 돼서 마누라한테 잔소리 듣는 슈퍼 아저씨!

7)저녁 식사 후 가족들의 대화

드라마 : 행복한 표정으로 거실에 모여 과일을 먹으며 TV를 보면서 정담을 나눈다.

현실 : 아버지는 지쳐서 곯아떨어지고 엄만 드라마 보면서 누구랑 누구 결혼시키라고 안달이고, 누나는 오이 붙이고 스트레칭하고, 막내는 눈치 보면서 배틀넷 한다.

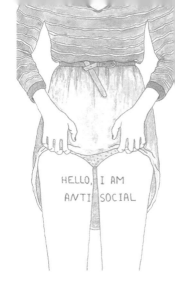

진심

남 : 우와~! 기다리느라 목 빠지는 줄 알았어!

여 : 여보, 내가 떠나면 어떻게 할 거야?

남 : 그런 거 꿈도 꾸지 마!

여 : 나한테 매일매일 키스해 줄 거야?

남 : 당연하지!

여 : 당신 바람 필거야?

남 : 미쳤어? 사람 보는 눈이 그렇게 없어?

여 : 나 죽을 때 까지 사랑 할 거지?

남 : 응.

여 : 여보!

(아래서부터 거꾸로 읽어보면 진심이 보인다.)

출국신고서

　외국 출장을 떠나게 된 바보 남자는 공항에서 출국 신고서를 받아들고 몹시 당황했다. 모두 영어로 되어 있었기 때문이었다. 남자는 기억을 더듬어가며 'name'과 'address' 란은 간신히 채워 넣었다.

　그런데 문제는 'sex' 란이었다. 고민하다 슬쩍 옆 사람을 훔쳐보니 그는 'male' 이라고 적는 게 아닌가.

'저 사람은 매일 섹스를 하는구나…'

남자는 그를 부러워하며 다음과 같이 적었다.

'han-dal-e-han-bun(한 달에 한 번).'

내기골프

어떤 부부가 골프장에서 내기골프를 치고 있었다.

핸디가 낮은 남편이 자꾸 돈을 따자 부인이 남편의 집중력을 흩뜨려 놓을 심산으로 이렇게 말했다.

"저번 주에 갔던 그 호스트바의 미스터 최 물건 한번 죽이데~."

그 말을 들은 남편이 열 받아 다음 홀에서 더블 파를 기록하고 나서 하는 말.

"나 솔직히 고백하는데, 당신 몰래 숨겨온 자식이 있어. 미안해."

남편의 고백을 듣고 다음 홀에서 완전히 망가진 다음 머리를 쥐어짜 며 부인이 한마디 했다.

"여보, 나 사실은 남자야!"

너무도 충격적인 말에 얼굴이 새하얘진 남편이 분노에 덜덜 떨며 간 신히 한마디 했다.

"야! 이 씹새꺄! 너 왜 레이디 티에서 쳐?"

말 좀 해줘요

고속도로가 꽉 막혀 꼼짝을 못하고 있었다.

한 30분 이상을 움직이지 못해 답답한 상황에서 주위를 둘러보는데 옆 차 안에서 운전자가 휴대전화에 대고 핏대를 올리고 있었다.

그 사람은 그러다 갑자기 창문을 내리더니 전화기를 나에게 불쑥 내밀면서 소리를 질렀다.

"여기요~ 내가 왜 늦는지 우리 마누라한테 말 좀 해주세요!!"

하나, 둘, 셋

한 남자가 결혼 십년 만에 발기가 되지 않지 비뇨기과 의사를 찾아갔다.

의사가 남자를 안심시키며 말했다.

"안심하십시오. 틀림없이 고칠 수 있습니다."

그리고 불 속에 약간의 가루를 던지자 파란 연기가 나면서 큰 불꽃이 일었다. 그 의사가 말했다.

"이건 꽤 강력한 처방이지만, 일 년에 딱 한 번 정도는 사용할 수 있습니다. 당신이 '하나, 둘, 셋!' 하면 발기가 되면서 당신이 원하는 만큼 유지되는 겁니다."

남자가 물었다.

"그럼 가라앉힐 땐 어떻게 하죠?"

의사가 다시 말했다.

"다시 한 번 '하나, 둘, 셋!' 하고 말하면 됩니다."

남자는 집에 돌아가 밤에 아내를 놀라게 할 준비를 했다.

그가 아내와 함께 침대에 누운 후 "하나, 둘, 셋!"이라고 말하자 갑자기 발기가 됐다. 그런데 아내가 돌아누우면서 이렇게 말하는 것이었다.

"당신, 왜 '하나, 둘, 셋'이라고 했어요?"

밤에도 퇴겐줄 알아?

아주 옛날에, 퇴계 선생이 사는 마을 빨래터에서 아낙네들이 빨래를 하고 있었다.

때마침 퇴계 선생 댁의 부인도 빨랫감을 안고 나타났고, 한창 수다를 떨고 있던 아낙네들 가운데 하나가 그 부인에게 물었다.

"아, 그래 부인께선 요즘 무슨 재미로 사세요? 사람 사는 재미는 아이 낳고, 키우고, 알콩달콩 싸워가면서 사는 것인데… 퇴계 선생님과는 한 이불을 덮고 주무시기는 해요?"

그 말을 들은 아낙들이 킥킥 댔고, 퇴계 부인은 모른 체하며 계속 빨래만 했다.

그러자 곁에 있던 아낙네들도 한마디씩 거들었다. 덕이 그렇게 높으면 뭘 하나, 학문이 그렇게 높으면 뭘 하나, 제자가 그렇게 많으면 뭘 하나, 사람 사는 재미는 그저…! 하고 말이다.

그러자 그러거나 말거나 빨래를 다 마친 퇴계 부인이 빨래를 챙겨 돌아서며 그 아낙네들에게 한마디 했다.

"밤에도 퇴겐줄 알아?"

모르는 여자야

결혼한 지 꽤 되는 중년 부부가 공원을 산책하고 있는데 때마침 화끈한 장면이 눈에 띄었다. 두 남녀가 공원 벤치에 앉아 화끈하게 키스를 나누는 것이었다.

그들을 부러운 시선으로 쳐다보던 부인이 대뜸 남편에게 물었다.

"당신은 왜 저렇게 해주지 않죠?"

그러지 남편이 밀했다.

"난 저 여자를 알지도 못한다고. 정말이야."

뜨거운 밤의 비결

연애하던 두 남녀가 마침내 결혼식을 올리고 신혼생활을 시작했다. 신부는 처음 6개월 간 밤마다 남편의 뜨거운 사랑에 무척 행복한 시간을 보냈다.

그러나 그 사랑이 차츰 이틀에 한번, 삼일에 한번, 일주일에 한번… 2년 후에는 남편과 한 달에 한 번도 잠자리를 하기 힘들 정도가 되었다.

이에 부인은 새벽기도를 드리기로 마음먹고 매일 산에 올라가 기도를 드렸다.

드디어 백 일째가 되던 날, 산신령이 나타나 그녀에게 한 가지 비법을 일러주었다.

"내일 이 시각 네 남편을 이곳에 오게 하면 한 가지 주문을 일러줄 것이다. 남편이 잠자리에 들기 전에 그 주문을 외면 너는 밤마다 극락을 맛볼 것이다."

부인은 기쁜 마음으로 하산했고, 이튿날 새벽 남편을 산에 올려 보내 산신령님께 주문을 배우게 했다. 그러자 과연 그날 밤부터 남편은 180도로 바뀌어 부인은 다시금 신혼생활의 즐거움을 누릴 수 있게 되었다.

물론, 남편은 잠자리에 들기 전에 빠짐없이 주문을 외웠고, 여자는 절대 그 소리를 엿들으면 안 된다는 조건이 붙어 있었다.

당신이라면 이 주문이 어떤 것인지 알고 싶지 않은가? 이 부인 역시 남편이 몰래 외는 주문이 몹시도 궁금했다. 그래서 결국 약속을 어기고 남편이 외는 주문 소리를 엿들었다.

"이 여자는 내 여자가 아니다… 이 여자는 내 여자가 아니다…"

가을은 아직

어느 부인이 남편과 함께 그림 전시회장을 찾았다.

그런데 남편은 기분 나쁘게도 나뭇잎 하나로 간신히 그곳만을 가린 어느 늘씬한 나체 그림에 넋이 빠져 있는 게 아닌가.

보다 못한 부인이 남편의 한쪽 귀를 잡아당기며 이렇게 속삭였다.

"여보! 가을이 되려면 아직 멀었어요."

"?"

"가을도 멀었는데 설마 그 나뭇잎이 떨어지겠어요?"

난쟁이와 고환

간선도로 휴게소에 딸린 허름한 화장실에서 있었던 일이다. 한 남자가 소변기에 소변을 보고 있었는데 그때 한 난쟁이가 자신을 지켜보고 있다는 사실을 알게 되었다. 난쟁이는 유독 뚫어져라 쳐다보고 있었지만, 평소 남자다움에 자신 있었던 그는 피하고 싶지가 않았다.

이윽고 그 난쟁이는 조그만 발판 사다리를 끌어다 그의 옆에 놓고 올라섰다. 그리고 아주 가까이서 그의 음부를 넋이 나간 듯 계속해서 쳐다보고 있었다.

난쟁이가 말했다.

"오, 선생의 고환은 내가 본 것 중 최고로 멋집니다. 그려!"

남자는 당연하다는 듯이 으쓱해졌다. 그러고 이윽고 볼일을 다 본 다음 난쟁이에게 눈인사를 하고 떠나려고 했다. 바로 그때 난쟁이가 다시 말했다.

"선생, 이렇게 말하면 이상하게 여길지 모르겠지만, 제가 한번 선생의 고환을 만져 봐도 되겠습니까?"

그 말에 남자는 무척 놀랐지만, 설사 그런다 해도 크게 피해볼 일은 없으리라 생각하고 난쟁이의 요구를 들어주었다.

이에 난쟁이가 손을 뻗어 남자의 고환을 움켜쥐고 큰 소리로 말했다.

"자, 어서 갖고 있던 지갑 내놔. 안 그러면 내가 뛰어내릴 거야!"

치명적인 중증

어느 날 세 명의 남자가 병원 의사를 찾아갔는데 그들 모두 중증을 앓고 있었다. 한 남자는 알코올 중독자였고, 한 남자는 줄담배에 찌든 골초, 또 한 명은 동성애자였다. 그들은 거의 동시에 의사를 찾아가 각자의 병에 대한 치료 방안을 물었다.

세 사람을 모두 진단하고 난 의사가 말했다.

"여러분 모두 치명적인 상태입니다. 그래서 만약 누구라고 한 번 더 타락한 행위를 일삼는다면 그 사람은 틀림없이 죽게 될 것입니다."

"알겠습니다."

남자들은 다시는 타락한 행위를 하지 않겠다고 다짐하고 그 병원 문을 나섰다.

세 사람은 각자의 집으로 돌아가기 위해 지하철역으로 향하다가 술집 앞을 지나게 되었다.

알코올 중독자는 안에서 흘러나오는 음악소리와 번쩍이는 불빛을 보더니 견딜 수가 없었다. 그래서 어쩔 수 없이 일행과 함께 바 안으로 들어가서 위스키 한 잔을 주문해 마셨다. 그리고 위스키 잔을 내려놓기가 무섭게 그는 의자에서 굴러 떨어져 죽어버렸다.

상황이 이렇자 다른 두 명은 깜짝 놀라 그곳을 벗어나면서, 자신들이 의사의 경고를 얼마나 심각하게 받아들여야할지를 알게 되었다.

두 사람은 얼마쯤 걸어가다가, 길에 떨어져 있는 담배꽁초가 아직 불타고 있는 걸 발견했다. 동성애자가 그 담배꽁초를 바라보는 흡연자를 향해 경고했다.

"만약 당신이 저걸 주우려고 허리를 굽히면, 우린 둘 다 죽어."

지금 당장

한 젊은이가 결혼식을 하루 앞두고 친구들과 술판을 벌였다.

그런데 평소 건망증이 좀 있던 젊은이는 예물반지를 자기 바지주머니에 단단히 챙겨 넣었다. 술 먹고 뻗더라도 곧장 식장으로 갈 수 있게 하기 위해서 말이다.

예상대로 친구들은 신랑을 좀처럼 놓아주지 않았고, 엄청난 술을 먹이고 또 먹여서 거의 필름이 끊어지기 직전에야 겨우 놓아주었다.

이튿날 허겁지겁 예식장에 달려갔으나 좀 늦어버렸다. 잽싸게 입고 있던 바지 위에다 예복을 차려입고 곧장 식장으로 들어갔다.

예식이 시작되었고, 주례가 물었다.

"신랑은 신부를 평생 사랑하겠는가?"

"예!"

"그럼 지금 그 서약의 반지를 신부에게 끼워주시오."

순간 신랑은 속으로 "아차!" 했다. 신부에게 줄 반지가 예복바지 속에 껴입은 바지주머니에 있었기 때문이다.

주례가 재촉했다.

"뭐하나?"

"자, 잠깐 만요."

하는 수 없었다. 신랑은 반지를 꺼내기 위해 예복바지 지퍼를 내렸다. 그러자 주례가 좀 곤란하다는 표정을 지으며 말했다.

"너무 급하군그래. 그건 이따 밤에 하도록 하고…"

이에 신랑이 다급해진 목소리로 말했다.

"안됩니다. 지금 당장 끼워야 합니다."

"…?"

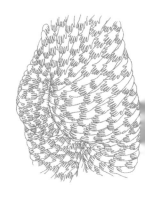

줄서!

바람둥이 아내를 둔 남편이 있었다.

남편은 현장을 잡기 위해 어느 날 출장을 떠난다고 거짓말을 하고는 밤이 되기를 기다려 집으로 돌아왔다.

한밤중에 담을 넘어 침실을 엿본 남편은 드디어 아내가 다른 남자와 놀아나는 것을 목격했다.

'저걸 그냥 콱!'

열 받은 남편이 참을 수가 없어 현관으로 들어가려는 순간 누군가에 의해 뒷덜미가 잡혔다.

깜짝 놀라 뒤돌아보는 남편에게 그 남자가 인상을 붉히며 소리쳤다.

"인마, 줄 서!"

괜히 바보 되다

막 결혼한 친구 녀석과 코가 비뚤어지도록 마셨다.

2차를 거쳐 3차, 4차를 전전하자 술집들이 모두 문을 닫았다. 그래도 아쉬워서 5차로 녀석의 신혼 방으로 쳐들어갔다.

신혼 방은 비록 단칸방이었지만, 예쁘게 꾸며놓고 사는 모습이 보기 좋았다. 제수씨는 짜증 한 번 부리지 않고 이런저런 안줏거리를 내왔고, 우린 또 퍼마시기 시작했다.

그렇게 얼마를 마시다가 필름이 끊겼고, 비몽사몽간에 간신히 정신을 차리려 하는데….

"아, 아파… 살살 좀 해…!"

제수씨의 들뜬 목소리…. 헉! 온몸이 얼어붙는 것 같았다.

사태 파악을 위해 신경을 곤두세우는데, 점점 더 농도 짙은 대화가 오간다.

"괜찮아~ 구멍이 작아서 그래. 많이 아파?"

"응."

"이건 어때, 좋아?"

"응, 좋아."

"쪽~ 쪼옥…! 쉿~! 저 녀석 깰라."

"그렇게 하지 마~! 간지러워… 음, 그렇게…!"

불안과 초조, 동시에 밀려오는 흥분…! 침 넘어가는 소리라도 들릴까 봐 꼼짝도 못하는 상황에서 입술이 바싹바싹 말랐다.

이때 한참 즐기던 친구 녀석이 문득 하는 말.

"저 녀석 깨울까? 너도 피곤하지?"

'날 깨운다고? 옳아~! 나 때문에 불편하니까 보내놓고 적극적으로 해 보시겠다…?'

그때 다시 녀석이 자기 부인에게 속삭였다.

"내가 큰 거 보여줄까? 자, 꺼낸다… 봐, 크지?"

"와, 정말 크네?"

"못 참겠다, 에잇…!"

"어머, 더럽게 입에다가… 퉤퉤~!"

"어때? 많이 나왔지?"

"응."

"이젠 니가 해줘."

"좀 있다가, 친구 보내고 나서…"

'흑, 제수씨 감사합니다. 불쌍한 중생 하나 살려주시는군요.'

이때 갑자기 녀석이 나를 툭툭 건드려 깨운다.

"야 인마, 일어나. 일어나라고!"

아무것도 모르는 듯 부스스 눈을 비비며 말했다.

"응? 으음~~ 왜 그래?"

그런데, 그런데 이게 어찌된 일인가!

두 사람이 마주 앉은 방바닥엔 신문지가 깔려 있고 귀이개, 손톱깎이 따위가 너부러져 있는 게 아닌가! 그렇다면 아까 주고받던 대화는 모두…?!!

마누라 앞에만 서면

미국의 한 나체촌에서 이상야릇한 경기가 벌어졌다. 남편들이 위를 모두 가린 채 아랫도리만 드러낸 아내를 찾아내는 시합이었다.

그런데 신기하게도 남편들은 자기 아내의 아랫도리를 모두 찾아냈다.

왜냐하면 남자들의 물건이 자기 아내의 앞에만 서면 축 늘어졌기 때문이다.

금고 속의 콩

한 부부가 있었다.

그런데 부인은 남편 몰래 첨단 컴퓨터 시스템이 장착된 금고를 하나 가지고 있었다. 부인의 지문만을 기억하는 그 상자의 내용물을 보고 부인은 자지러지듯 웃곤 했다.

그런데 어느 날 그 부인의 남편이 아내가 잠든 틈을 노려 열쇠에 아내의 지문을 묻혔다. 그리고 조심스레 아내의 지문을 묻혀 금고를 열어보니, 그 안에는 콩 2알과 10만 원짜리 수표가 들어있었다.

"엥? 이게 뭐야…?"

그 사이 잠에서 깬 아내가 마지못해 말했다.

"당신 몰래 바람피울 때마다 콩을 하나씩 넣어두었어요."

남편은 그간 자기가 무심해서 그럴 수도 있겠다 싶어 용서해주기로 했다.

"그런데 10만원은 뭐지?"

"저… 그 동안 모은 콩 판 거예요…."

대단한 생존력

맞벌이를 해야 했기에 당분간 애를 갖지 않기로 한 어느 신혼부부가 있었다.

아내가 피임약을 복용해 한동안 별 탈 없이 지내던 어느 날, 피임에 실패하여 그만 아이가 생기게 되었다.

두 사람은 원치 않는 아이가 생겨 난감했지만 이미 엎질러진 물이었다.

해산달이 되어 아이를 출산했는데, 아기는 세상에 나오자마자 꾹 움켜쥐고 있던 한쪽 손아귀를 펴 보이면서 말했다.

"내가 요까짓 약 먹고 죽을 줄 알았어요?"

젖소클럽 1

젖소클럽에 남자 셋이 초대되었다.

그들은 서로 자신의 부인이 가장 커다란 가슴을 가졌다고 자랑을 늘어놓기 시작했다.

첫 번째 남자가 말했다.

"우리 마누라는 말이야 가슴이 얼마나 큰지 국산 브래지어는 맞는 게 없어서 늘 노브라로 다닌다니까."

그러자 두 번째 남자가 고개를 저었다.

"그건 약과라네. 우리 집사람은 말이야 가슴이 얼마나 큰지 똑바로 서 있기가 힘들 정도라고."

세 번째 남자는 아무 말도 하지 않고 볼펜으로 벽에다 낙서를 하기 시작했다.

그러자 어디선가 앙칼진 목소리가 들려왔다.

"여보! 브래지어 안에다 낙서하면 어떡해요!"

젖소클럽 2

젖소클럽 회원이었던 한 여자가 결혼을 하게 되었다.

첫날밤에 그녀가 신랑에게 물었다.

"당신은 나의 어디에 반했어요?"

"그야 물론 가슴이지!"

그녀는 기뻐서 가슴을 어루만지며 물었다.

"나의 풍만한 가슴이 그토록 유혹적이었나요?"

그러자 남자가 더듬거리며 말했다.

"사실은 말이야, 라스베이거스에서 마피아들에게 돈을 빌려 썼는데 마땅히 숨을 데가 있어야 말이지. 그래서 생각다 못해 당신의 가슴 사이에 감춰진 계곡에 숨어 지낼까 해서…"

젖소클럽 3

가슴 사이즈가 45인치나 되는 여자가 어느 날 젖소클럽을 찾아왔다.

그녀는 접수창구로 가서 사무 보는 아가씨 앞에 앉았다.

그리곤 책상에 몸을 기댄 채 자신의 풍만한 가슴을 드러내 놓고 말했다.

"아가씨, 나처럼 가슴이 큰 사람이 젖소클럽에 가입하면 다른 사람들이 기가 죽겠지요? 가입할까요, 말까요?"

그러자 아가씨가 살색 책상을 가리키며 퉁명하게 말했다.

"부인, 가입하든지 말든지 그건 자유입니다만 제발 팔꿈치 좀 치워주시죠. 왼쪽 가슴이 갑갑해서 도무지 숨을 쉴 수가 없군요."

젖소클럽 4

젖소클럽 멤버인 부부가 은행에서 대출을 받기 위해 창구 직원과 상담을 하고 있었다.

은행 직원은 서류를 훑어보다가 직업란이 빠져 있는 것을 발견하고 남자에게 물었다.

"저어, 선생님. 직업란이 빠져 있는데요."

"뭐요? 보면 모르겠소?"

남자가 화를 내며 도리어 반문하자 은행 직원은 부인을 한동안 바라보다가 비어 있는 직업란을 채웠다.

– 직업 : 낙농업.

그럴 리 없어

금슬 좋은 부부가 있었는데 남편이 3년간 미국으로 출장을 가게 되었다.

부부는 그렇게 3년 동안 서로를 그리워하면서 떨어져 지냈다.

그리고 3년 만에 다시 재회한 부부는 호텔방을 예약하고 근사한 하룻밤을 보내기로 했다.

저녁식사를 하고 드디어 객실로 올라가 모처럼 회포를 풀었다.

그런데 그때 어느 술 취한 사람이 비틀비틀 걷다가 그들이 묵고 있던 호텔 방문을 퍽 하고 찼다.

남편이 잠결에 말했다.

"제기랄, 당신 남편인가보군."

그러자 아내 역시 잠결에 이렇게 중얼거리는 것이었다.

"그럴 리 없어요. 남편은 지금 미국 출장 중이거든요…"

첫 번째와 두 번째

어떤 부부가 연례건강진단을 받기위해서 병원에 갔다.

남편을 먼저 진찰하고 난 의사가 컨디션이 어떠냐고 물었다.

남편이 대답했다.

"한 가지 문제가 있습니다. 우리 집사람과 첫 번째 부부관계를 가질 때는 모든 게 괜찮은데, 두 번째로 관계를 가질 땐 땀을 많이 흘립니다."

의사가 이번에는 아내를 검사했다.

"남편분 말씀이 두 분이 첫 번째 관계를 가질 땐 아무 문제가 없는데 두 번째 관계를 가질 때는 남편께서 땀을 많이 흘리신다는 군요! 그 이유를 알겠습니까?"

그러자 아내가 말했다.

"알고말고요!" "뭐죠?"

"첫 번째 관계를 가졌을 때는 12월이었고, 두 번째 관계를 가졌을 땐 한여름인 8월이었거든요!"

죽음을 부르는 아이

딸만 여섯 있던 어느 집에 오랫동안 고대해온 아들이 태어났다.

아이의 울음소리가 우렁차고 얼굴도 복스러워서 모두 좋아했는데, 어느 날 그 집 앞으로 지나가던 한 점쟁이가 불길한 예언을 했다.

"머잖아 이 아이가 말을 배울 텐데, 아이한테 이름을 불리면 그 사람은 곧 죽게 된다오."

과연 얼마 지나지 않아 아이가 말을 배웠고 첫 마디로 "엄마"라고 하자, 아이엄마가 갑자기 픽 쓰러져 죽었다.

사람들은 설마하고 우연으로 치부했다.

아이는 커다란 두 눈을 깜박거리며 빠르게 말을 배워갔다.

"큰누나."

그러자 엄마 대신 아기를 돌보던 큰누나가 죽었다.

"둘째누나."

둘째누나도 죽었다.

"셋째누나."

셋째누나 역시 죽었다.

이쯤 되자 사람들은 이제 그 점쟁이의 말을 진짜라고 믿게 되었고, 겁이 난 아버지가 아이를 내다버리려고 한밤중에 몰래 아기를 안고 산으로 향했다.

아버지가 문득 내려다보니 아이가 두 눈을 똑바로 뜨고 입을 삐죽거리면서 아버지를 노려보고 있었다. 그 표정이 너무도 괴이하고 징그러워서 아버지는 얼른 산속 어디엔가 아이를 내려놓았다.

그리고 뒤돌아서서 막 산을 내려가려는데 낄낄대는 아이의 웃음소리가 들렸다. 소름이 끼친 아버지가 거의 뛰다시피 하여 산을 내려가는데 뒤에서 아이가 부르는 목소리가 들려왔다.

"아빠!"

그 소리를 들은 아버지는 '이제 나도 죽겠구나. 죽더라도 집에 가서 죽어야지' 하고는 서둘러 집으로 돌아갔다.

그런데 집에 도착할 때까지 몸에 아무런 이상이 없었다. 아버지는 안방에 반듯이 누워서 다가올 최후를 맞이하기로 했다.

그런데 갑자기 옆집에서 곡하는 소리가 들려왔다.

"여보…! 당신이 갑자기 죽다니… 이게 웬일이야…!!"

빵점짜리 남편

빵점 남편으로 소문난 50대 중반의 남자와 그의 부인이 TV를 보고 있었다. 마침 방송은 아내에게 잘하는 100점 남편으로 유명한 부부가 출연하는 프로그램이었다.

부인이 남편에게 잔소리를 했다.

"당신도 저 사람들 절반만이라도 따라가봐요."

그러자 남자가 듣기 싫은 듯 대꾸했다.

"뭘 저런 걸 봐, 딴 데로 돌려."

부인이 마지못해 다른 채널로 돌리려 하자 무슨 생각이 들었는지 남편이 그 프로그램을 녹화하기 시작했다.

"어이구, 당신이 올해부터는 철 들려나봐요. 두고두고 저 남자를 보고 배울 생각인가 보죠?"

그러자 남편이 말했다.

"무슨 소리야, 사위에게 보내려고 하는 건데!"

끼 많은 부인의 내조

여자에게 살짝 뿌리기만 하면 바로 흥분해 남자를 유혹한다는 약을 파는 약국이 있었다. 장안에서 이름난 바람둥이 스케치라는 넘이 그 약을 사러갔는데 남자 약사는 없고 그의 아름다운 아내가 약국을 보고 있었다. 그런데 약사의 아내가 약을 건네주자마자 스케치는 엉큼한 마음에 약을 그녀에게 뿌렸다. 그러자 신통하게도 부인은 눈을 게슴츠레 뜨고 가쁜 숨을 몰아쉬며 그를 침실로 끌어들였다.

"아이구 끝내주는 약이구먼."

때마침 집에 돌아온 약사가 이 광경을 목격하고 화가 날 대로 나 아내를 다그쳤다.

"뭔 지랄이여."

그러자 부인은 태연하게 말했다.

"이년은 그래도 당신을 위해 그런 거라구요. 그 남자가 나에게 약을 뿌렸을 때 내가 아무 반응을 보이지 않고 있어 봐요. 당신이 조제한 그 약이 가짜라는 게 들통 나잖아요."

황홀한 밤

집에서 아내와 TV를 보고 있는데 갑자기 전화가 걸려왔다.

웬 낯선 여자가, 나는 잘 모르겠지만 자기는 날 너무 잘 알고 있다면서 내일 저녁시간에 만날 수 없겠느냐고.

나는 힐끗 아내의 눈치를 보면서 그러마 하고 전화를 끊었다. 아내는 누구냐고 물었지만 별 관심을 보이지 않았다.

이튿날 사우나를 다녀오고 미용실에도 들렀다. 저녁에 약속 장소인 호텔 커피숍에 도착하니 그 여인이 손을 흔들어 보였다. 너무나 멋지고 세련된 여인이었다. 가볍게 목례를 하고 자리에 앉자 그녀가 자기소개를 했다. 오래전부터 가까운 곳에 살면서 나를 좋아했지만 말도 전하지 못하고 야속하게 세월만 많이 흘렀노라고.

부모님을 따라서 캐나다로 이민 가서 기반을 잡고 재산을 많이 늘렸는데 작년 여름에 부모님이 교통사고로 돌아가셨단다. 부모님 유산이 국내에 남아 있어서 유산 정리차 고국에 왔다고 했다.

술이나 한 잔 하면서 얘기나 나누자며 잔을 권했다. 아름다운 여인과 함께하니 황홀한 밤 그 자체였다. 시간이 흐르자 호텔 5층에 자기가 예약한 룸이 있으니 그곳에 가서 얘기나 더하고 가란다. 이번에 다녀가면 한국에 오기가 어려울 것 같다고 하면서.

'오~! 나에게도 이런 기회가 찾아오는구나…'

룸에 가자 그녀가 윗옷을 벗는데 드러난 몸매가 얼마나 멋지던지 감탄사가 절로 나왔다.

그녀가 또다시 사정조로 나왔다. 오늘밤만 같이 있어주면 안되겠느냐고….

나는 그렇게 해서 이름도 모르는 그 여인과 사랑을 나눴다. 한참 후 그녀가 봉투를 하나 건네주었는데, 3억 원이 든 통장과 도장이 들어있다고 했다. 로또 당첨도 아니고 이런 횡재가 어디 있단 말인가?

부들부들 떨면서 두 손으로 그 봉투를 받는 순간 갑자기 "쾅!" 하는 소리와 함께 침대에서 방바닥으로 나뒹굴어진 초라한 나….

아내가 한심하다는 듯 혀를 찼다.

"대낮에 뭔 개꿈을 꾸길래 침대에서 떨어지고 난리야?"

아…! 이것이 정녕 일장춘몽이란 말인가…!

팔도아줌씨들의 춤바람 형태

춤바람 난 아줌마가 카바레에서 섹시한 제비를 만나 춤출 때. 밀고 땡기고 돌리고 돌리고~~ 앗싸~! 조~코 조~코~~~!

1. 깍쟁이 서울 아줌마 : 아~너무 좋아요. 다음에 우리 또 만나요.
아~~흐음!
2. 감정을 적나라하게 표현하는 전라도 아줌마 : 으~메 조은 거,
으~메 죽이는 거…! 환장허겄네~!!
3. 능청 떠는 충청도 아줌마 : 나~죽어유~! 증말 죽겠어유~~!
4. 화끈한 경상도 아줌마 : 고마 나를~쥐기~뿌소~ 마!
5. 북한 아줌마 : 고저 내래 이 쫑간나 새끼 땜에 정신을 몬차리가서
야~~!

드라마나 영화에 꼭 나오는 대사

① 착하던 애가 여자 친구가 변하면 "너 이러지 마, 너 이러는 거 너답지
않아"라고 한다. 그러면 여자는 "나다운 게 어떤 건데?"라고 말한다.

② 남녀 배우가 서로 할 말이 있는데 서로 동시에 "저기…" 씩 웃으며 다시 "먼저 말해" 하다가 결국엔 한 사람이 말한다.

③ 싸움을 하다가 코피가 터진 사람은 코피를 한번 쓱 닦고 "흐윽!" 하면서 코피가 터진 걸 알아차린다.

④ 임신한 사실은 꼭 입덧으로 알고, 입덧을 할 때도 너무 과장된 입덧을 한다.

⑤ 택시를 한 번에 잡기가 하늘에 별 따기인 밤에 주인공들은 손만 흔들면 택시가 자기 앞에 떡하니 멈춘다.

⑥ 여자들이 울 때 눈 하나도 안 번지면서 운다.

⑦ 자신을 배신한 남자의 아기를 항상 낳아 키운다.

⑧ 잘 때 화장 하나도 안 지우고 잔다. 심지어 색조화장 위에 스킨 바른다.

⑨ 교통사고를 당할 때 도망가도 될 거리에서 차를 멍하니 바라보며 죽음을 맞이한다.

⑩ 택시에서 내릴 때 돈 안 낸다.

⑪ 차 운전하고 가던 중 전화를 받으면, 꼭 그 자리에서 차를 거꾸로 돌린다. '끼이~익' 하고… 그런데 차는 한 대도 없다.

⑫ 남자주인공과 여자주인공이 서로를 찾아 헤맬 때 같은 공간에 있으면서 반대편을 향해 뛰어간다.

⑬ 가난한 여주인공들, 옷은 항상 바뀐다. 그것도 매번 비싼 옷으로.

⑭ 근육이 많은 남자주인공은 꼭 샤워하는 장면이 나온다.

⑮ 남주인공이 "어! 별똥별 떨어진다" 하면 여주인공은 꼭 "어디, 어디? 못 봤어. 아이, 소원 빌어야 되는데" 한다.

인생에 3번

1. 남편은 부인에게 3번 미안해한다.
아내가 분만실에서 혼자 힘들게 애 낳을 때.
카드대금 청구서 날아올 때.
부인이 비아그라 사올 때.

2. 부인은 남편에게 3번 실망한다.
운전하다 딴 여자한테 한 눈 팔 때.
잠자리에서 등 돌리고 잘 때.
비아그라 먹였는데도 안 될 때.

마누라가 되어 보니

어떤 남편이 자긴 매일 출근하여 고생하는데 마누라는 집에서 빈둥댄
다고 생각했다. 그래서 어떻게 지내는지 자세히 알고 싶어 하나님께 기
도하며 소원을 빌었다.

"주여, 나는 매일 10시간이나 열심히 일하는데 집사람은 집에만 있습
니다. 그러니 내가 출근하여 얼마나 힘들게 일하는지를 마누라가 알도
록 해주고 싶습니다. 하오니 주여 꼭 하루만 서로의 육체를 바꾸어서
지내게 해주십시오."

딱하게 여긴 전능하신 하나님은 그 남편의 소원을 들어주었고, 다음 날 아침 남편은 여자가 되어 있었다.

그녀는 일어나자마자 밥을 짓고, 애들을 깨우고, 옷을 챙겨 밥 먹이고, 도시락을 싸서 학교로 들려 보내고, 남편 출근시키고, 세탁물을 거두어 세탁기에 돌리고, 돌아가며 집안 청소를 하고, 은행가서 일보고, 오는 길에 장봐서 낑낑대며 집에 돌아오니 벌써 오후 1시가 넘었다.

또 저녁 준비를 정신없이 하였다. 저녁 먹은 후에 설거지를 끝내고 세탁물을 개어 놓고, 애들을 재우고 나니 벌써 밤 9시가 넘었다.

그녀는 지친 몸으로 잠자리에 들었고 매일 하듯이 남편의 요구대로 사랑을 열심히 해야 했다.

다음날 아침! 그녀는 눈뜨자마자 침대 옆에 무릎 꿇고 기도했다.

"주여! 내가 정말 멍청했습니다. 마누라가 집에서 하는 일을 너무나 모르고 질투하고 말았습니다. 제발 소원이오니, 저를 원상으로 회복하여 당장 남편으로 돌려주십시오."

그러나 하나님은 빙긋이 웃으시며 말했다.

"이 사람아, 그건 안 되지."

"네에…?"

"너는 어제 하루 정말 좋은 경험과 뉘우침을 얻었으리라 믿는다. 나도 네가 바로 남편으로 돌아가길 바라지만… 너는 오늘부터 꼭 10개월 후에야 남편으로 돌아갈 수 있다! 왜냐하면… 넌 어젯밤에 그만 임신하고 말았기 때문이니라!"

부부 위치 바꿔서 해보기

한 남자가 저녁이 되어 부인에게 느끼한 유혹의 눈빛을 하고 말했다.

"여보~ 오늘은 둘이 위치를 바꿔보는 게 어때?"

그러자 부인이 대답했다.

"좋아요! 내가 소파에 앉아서 TV를 볼 테니까 당신이 주방에 가서 설거지하고 빨래하고 다림질을 하도록 해요."

발코니에서

서민아파트에 사는 젊은 부부는 일요일 오후에 그 생각이 간절했다. 하지만 집은 비좁고 10살 짜리 아들이 있어서 곤란했다. 그래서 고심 끝에 이렇게 꾀를 썼다.

"민우야, 발코니에 나가서 이웃사람들이 뭘 하고 있는지 보고 계속 큰소리로 말해줄래?"

아들이 알았다고 끄덕이고는 발코니로 가서 계속해서 보고했다.

"저기 앰뷸런스가 와요."

"주차장에서 하얀색 차가 끌려가고 있어요."

"경비 아저씨가 담배를 피워요."

거기까진 좋았다. 그런데 뒤이어 들려온 아들의 말소리에 한창 그 일에 열중하던 부부는 깜짝 놀랐다.

"건너편 아파트 미순네 엄마 아빠가 막 옷을 벗고 뭔가를 하려나 봐요."

"…?"

부부가 벌떡 일어나 옷을 챙겨 입고 발코니로 나가 보았다.

"아니 철수야, 네가 그걸 어떻게 알아?"

철수가 대답했다.

"저기 보세요. 미순이도 나처럼 발코니에 나와 있잖아요?"

모르는 게 약

랜디의 숙모는 숙부가 골프광이어서 자기는 일요과부나 마찬가지라고 하소연했다.

"랜디야, 너의 숙부는 골프광이란다. 난 골프에 관해선 아무 것도 몰라. 캐디를 어떻게 쥐는지도 모른단다."

장모의 변명

출장을 떠난 남편이 업무를 일찍 마쳐서 토요일에는 집에 돌아갈 수 있을 거라는 전보를 보냈다.

그러나 아파트에 들어섰을 때, 남편은 아내가 다른 남자와 침대에 뒹굴고 있는 것을 발견했다.

화가 치민 그는 다시 집을 뛰쳐나갔다.

때마침 단지 앞에서 장모를 만난 그는 방금 전 무슨 일이 있었는지를 설명하면서, 다음날 아침에 곧장 이혼소송을 내겠다고 말했다.

"그러지 말고, 소송 전에 내 딸아이한테 변명할 기회를 좀 주게나."

장모의 애원에 남편은 마지못해 동의해주었다.

그로부터 1시간 후, 장모가 사위에게 전화를 걸었다.

"난 내 딸이 충분히 해명할 거라고 생각했었네."

"말씀해보세요. 대체 이유가 뭔지!"

장모가 의기양양한 목소리로 말했다.

"딸은 자네의 전보를 받지 못했다고 하더군."

96

석고상

젊은 부부가 사는 이웃에 비슷한 또래의 부부가 이사를 왔다. 외딴 마을에 친구 삼을 이웃이 생기자 두 집은 서로 자주 왕래하며 친하게 지냈다. 그러다가 두 집안의 유부녀·유부남이 눈이 맞았고, 그 불륜은 점점 깊어져 낮과 밤을 가리지 않는 사이가 돼버렸다.

그날도 두 사람은 여자의 집에서 그 짓을 하고 있는데 갑자기 초인종 소리가 들렸다. 그 집 남편이 일찍 귀가한 것이다. 부인은 어쩔 줄 몰라 했고 이웃집 불륜 남은 허겁지겁 옷을 챙겨 입고 밖으로 나가려고 했다.

여자가 말했다.

"현관으로 나가다간 남편한테 들킬 거예요."

남자가 안절부절 못할 때 여자는 마침 좋은 생각이 떠올랐는지 그 남자에게 옷을 다 벗고 하얀 파우더를 바른 채 가만히 서 있으라고 했다.

잠시 후 집에 들어온 남편이 파우더를 바른 남자를 보고 물었다.

"저건 뭐야?"

부인이 둘러댔다.

"응, 친구 집에 갔는데 남는 석고상이 있다기에 하나 얻어왔어요."

그날 밤, 자다가 목이 말라 눈을 뜬 남편은 물을 마시다 말고 그 석고상에게 다가갔다. 그리고는 이렇게 말했다.

"자, 자네도 물 한잔 마시게. 나도 경험이 있어서 아는데, 아무도 물 한잔 안 주더군. 얼마나 힘들겠나…"

은혼식

아내 : "우리 은혼식을 어떻게 축하하는 게 좋을까요, 여보?"
남편 : "일 분간 묵념하는 것이 어떻겠소?"

인플레이션

어떤 부인이 이것저것 한 보따리 사 가지고 집에 돌아와 보니 그날따라 일찍 귀가한 남편이 소파에서 자고 있었다.

여자는 돈을 물 쓰듯 한 것 같은 죄책감에 꾸러미를 꽉 끌어안고 살금살금 거실을 지나가는데, 남편이 실눈을 뜨고 이렇게 한마디 하는 것이었다.

"인플레이션이 당신에게 주는 영향을 불평하지 말고, 당신이 인플레이션에 미치는 영향을 좀 생각해 보구려."

국가공인

서로 사랑하는 남녀가 있었는데 여자 부모의 반대로 맺어지지 못하고, 여자는 결국 돈 많은 남자에게 시집을 가게 되었다.

비탄에 겨운 남녀. 여자는 결혼하기 전날 자기가 진정 사랑하는 남자와 첫날밤을 보내기로 했다. 그래서 서로 뜨겁게 사랑을 나누는데 하필 그날이 임신을 최적기가 아닌가? 급하게 콘돔을 찾았지만 보이지 않았고, 두 사람은 급한 대로 맥주 안주로 먹었던 소시지 껍질을 대신 사용했다.

그런데 문제가 생겼다. 그 소시지 껍질이 여자의 몸에 박혀 나오지를 않는 것이었다. 핀셋까지 동원해봤지만 실패했고, 여자는 결국 소시지 껍질을 포기한 채 이튿날 다른 남자와 결혼했다.

신혼여행을 떠나 막 첫날밤 행사를 치르는데 이런…! 새신랑의 거기에 소시지 껍질이 걸려 나오는 것이었다. 남자는 두 눈을 둥그렇게 떴고 여자는 하마터면 심장이 멎을 뻔했다.

"아니, 이게 뭐지?"

"저어… 그건…."

여자는 놀란 가슴을 쓸어내리며 재빨리 잔머리를 굴렸다. 보아하니 신랑은 아직 그 방면에 초짜인 듯싶었다. 그래서 눈치를 보며 조신스레 둘러대 보았다.

"그건 사실 제 처녀막이에요…."

남자가 고개를 갸우뚱하며 중얼거렸다.

"거참 신기하네…. 요즘 여자들 처녀막에는 품질보증 마크랑 유통기한까지 찍혀 나오나…?"

이혼시기

어떤 부인은 남편이 자기를 정신적으로 얼마나 심하게 학대했던지 몸무게가 14kg이나 줄었다고 주장했다.

판사가 "이혼을 허가함!"이라고 판결하자 "오, 아직은 안돼요" 하며 여자가 이의를 제기했다.

"무슨 소립니까? 남편의 등쌀에 못 살겠다면서요?"

"아직 살을 5kg 정도 더 빼야 하거든요."

천만 원

어떤 남자는 새로 이사 온 옆집 여자를 훔쳐보는 게 취미였다. 그녀는 항상 뒤뜰에서 일광욕을 하곤 했는데, 아슬아슬한 수영복 차림의 그녀는 남자를 몹시 흥분시켰다.

그래서 도저히 참을 수가 없어서 하루는 옆집을 찾아가 문을 두드렸다. 그러자 우락부락한 거구의 남자가 나왔다.

"뭐요?"

"실례합니다. 저는 옆집에 사는데요, 말씀드릴 것이 있어서…. 부인께서 너무도 아름다우시다는 말씀을 꼭 전해드려야 할 것 같아서 이렇게…."

"그래서?"

남자가 용기 내어 말했다.

"특히 부인의 가슴이 무척 아름다우시더군요. 만약 그 가슴에 키스할 수 있다면 천만 원이라도 아깝지 않을 것 같습니다."

"뭐 이런 변태 같은 자식이!"

남편은 남자의 멱살을 움켜잡고 때리려고 했다. 바로 그때 뒤에서 그녀가 나오더니 남편을 말리고는, 잠시 안으로 남편을 끌고 들어가서 의논했다. 그리고 잠시 후 남편이 다시 나와서 말했다.

"좋아. 우리 마누라 가슴에 키스하는데 천만 원이야."

이윽고 여자가 윗옷을 벗고 브래지어도 벗었다. 남자는 그토록 보고 싶었던 가슴을 보자 두 눈이 동그래졌다. 그는 여자의 유방을 손으로 잡고 한참 동안 얼굴을 비벼댔다. 지켜보던 남편이 빽 소리쳤다.

"빨리 키스나 하란 말이야!"

남자가 말했다.

"그럴 수 없어요."

"뭐? 왜… 왜 못해?"

남자가 대답했다.

"천만 원이 없거든요…."

남자들 심리

어떤 회사에서 과장급 이상의 중년 남자사원들에게 설문지를 돌렸는데, 그 질문은 다음과 같았다.

"만약 여자에게 아름다운 얼굴과 팔, 다리, 가슴을 빼면 무엇이 남겠는가?"

그런데 설문지를 회수해보니 대답은 모두 한결 같았다.

– '우리 마누라.'

최고의 남자, 여자

어느 부부동반 계모임에서 설문조사를 실시했다.

먼저 부인들을 대상으로 가장 선호하는 남자에 대해 조사를 해보니 가장 많이 나온 대답이 이랬다.

– '항상 서 있는 남자.'

이번에는 남편들을 상대로 가장 선호하는 여자에 대해 조사했다.

그러자 만장일치로 나온 대답은?

– 속 좁은 여자.

코 큰 사위

옛날에 애지중지 곱게 키운 딸을 시집보내게 된 부모가 있었다. 상대 신랑감은 가문 좋고 허우대도 멀쩡한 사위였는데, 한 가지 걱정은 코가 너무 크다는 것이었다. 코가 크면 뭣도 크다는 속설 때문이었다.

너무나 걱정이 된 장모는 고민 끝에 한 가지 꾀를 냈다. 여종으로 하여금 사위를 유혹하게 해서 하룻밤 보내게 하는 것이었다. 여종은 곧 사위를 유혹하는데 성공했고, 장모는 사위와 하룻밤을 보낸 여종을 애타게 기다렸다.

다음날 아침, 씩씩하게 돌아온 여종이 기쁜 소리로 외쳤다.

"마님 걱정 마세요. 주인어른보다 작아요!"

당신을 생각한 이유

한 남자가 헤어진 여자 친구와 술집에서 다시 만났다.

그가 말했다.

"나 어젯밤 다른 여자와 관계를 가졌어. 그렇지만 난 그 시간 내내 당신을 생각했지."

여자가 물었다.

"날 그토록 그리워했단 말이야?"

"아니. 그렇게 해서 너무 빨리 사정하는 걸 참았지…."

벌들아, 제발

어느 부부가 산행하다 남편이 실수로 길가에 있는 벌통을 발로 찼다.

벌통 안에 있는 벌들이 쏟아져 나와 남편의 온몸을 쏘았고, 남편의 머리도 붓고 몸통도 붓고 그것도 부었다.

집에 돌아와 부인이 남편에게 약을 발라주다 보니 그것이 통통한 것이 듬직해 보였다.

부인은 남편을 부추겨서 사랑을 했다.

부부가 사랑을 하면서 둘이 다 같이 울었다.

남편은 아파서. 부인은 좋아서 울었다.

부인은 그 다음날부터 벌통 앞에 물을 떠놓고 빌었다.

"제발, 벌들아! 우리 남편 한 번만 더 쏘아다오!"

부인의 힘

부인 : 당신은 왜 항상 내 사진을 지갑 속에 넣고 다녀요?

남편 : 아무리 골치 아픈 일도 당신 사진을 보면 씻은 듯이 잊게 되거든.

부인 : 당신한테 내가 그렇게 신비하고 강력한 존재였어요?

남편 : 그럼! 당신 사진을 볼 때마다 나 자신에게 이렇게 얘기하거든.

'이것보다 더 큰 문제가 어디 있겠는가?'

30년 아낀 것

50세인 신랑과 30세의 신부가 결혼을 했다.

나이 많은 신랑은 매우 약해보이는 반면, 젊은 신부는 건강하고 활력이 넘쳐 잘못하다간 신혼 첫날밤에 신랑이 돌연사할지 모른다고 우려했다.

그러나 다음날 아침 신부는 계단 난간을 붙들고 거의 기듯이 내려와 간신히 옆집으로 들어갔다.

옆집 주인이 물었다.

"도대체 어떻게 된 일이죠. 몰골을 보아하니 말이 아닌데요?"

신부가 힘에 겨운 듯 간신히 대답했다.

"그 남자가 30년 동안 절약했다고 해서 그게 돈인 줄 알았는데…."

호사다마

맹구는 전날의 무서운 숙취에 시달리며 잠에서 깼다. 간신히 몸을 일으켰는데, 먼저 눈에 띈 것이 침실탁자 위의 아스피린과 메모였다.

"여보, 아침식사 따뜻하게 준비해놨어요. 나 장보러 가요. 당신 사랑해요."

방 안은 완벽하게 정돈돼 있었다.

맹구는 불안해하며 주방으로 향했다. 과연 거기에는 따뜻한 아침상이 준비돼 있었다.

그가 열 살 난 아들을 불러 물어보았다.

"간밤에 무슨 일이 있은 거야?"

"난리도 아니었어요!"

"?"

"아빠가 술에 취해 새벽 3시에 집에 왔구요. 가구를 쓰러뜨려 망가뜨리고, 거실 양탄자에 토하고…."

맹구는 어리둥절했다.

"그런데 어째서 죄다 정돈돼 있고 이렇게 깨끗한 거야?"

"아, 그거요? 엄마가 끌어다가 눕히고 바지를 벗기려 하자 아빠가 '이러지 말아요. 난 임자가 있는 몸이라고요!' 라고 하더란 말이에요. 그래서 이렇게 된 거예요."

제 2 장

동상이몽

가장 야한 물고기

모 나이트클럽에서 손님들을 상대로 내기를 벌였다. 가장 야한 물고기 이름을 대는 사람한테 그날 술값을 공짜로 해주겠다는.

이에 흥분한 손님들이 머리를 굴리며 너도나도 손을 들었다.

먼저 첫 번째 남자가 말했다.

"빨漁."

그러자 다른 사람이 이어서,

"박漁."

이에 뒤질세라 또 한 사람이 말했다.

"핥漁."

홀 안의 손님들이 저마다 감탄해하며 웅성거리고 있는데, 한 여자가 번쩍 손을 들었다.

그러고는 들릴락 말락 한마디 했는데, 그 뒤로 더 이상 입을 여는 남자가 없었다. 그날의 대상은 결국 그녀가 차지했다.

과연 그녀는 뭐라고 했을까?

－"오늘 나 먹漁."

발음이 안 되는 제자

공자의 여러 제자들 가운데 한 제자가 발음문제로 애를 먹고 있었다.

짧은 혀도 문제였지만, 특히 받침은 거의 발음이 되지 않았다.

하루는 공자가 그 제자더러 서점에 가서 책을 사오라고 했다.

얼마 후 제자가 책방에 도착하자 종업원이 반갑게 맞아주었다.

"어서 오세요!"

잠시 책방 안을 두리번거리던 제자가 잡지 한 권을 집어 들고 물었다.

"이 자지 어마에요?"

종업원이 눈을 동그랗게 뜨고 되물었다.

"뭐라고요?"

"이거 어마냐고요?"

"5천 원이요."

"저 자지는 어마에요?"

"뭐요?"

"저 자지, 저거요."

"6천5백 원이요."

제자가 그 중 한 잡지를 골랐다.

"이 자지로 주세요."

"예?"

"이거요."

"…!"

"아차, 자지 너케 보지 주세요."

제자의 말은 '잡지 넣을 봉지를 달라'는 것이었으나, 말귀를 못 알아
들은 종업원은 성질이 났다.

"뭐요?"

109

제자가 옆의 봉지를 가리켰다.

"저거 주세요."

"음…."

책을 봉지에 넣던 제자가 다시 말했다.

"보지가 너무 자가요."

종업원이 버럭 화를 내며 소리쳤다.

"너 지금 나랑 장난 하냐?"

제자가 답답하다는 듯이,

"보지보다 자지가 크다고요. 보지 찌져 지는데…."

"이 자식, 보자보자 하니까! 나이도 어린 녀석이…! 너 누가 시켰어? 이런 짓?"

제자가 억울하다는 듯이 대답했다.

"고자(공자)가요…."

찔리고, 빨고, 치다

철물점 점원으로 일하는 처녀가 못을 포장하다가 실수로 손가락이 찔렸다.

"에이 시팔, 낮에는 못에 찔리고 밤에는 ××에 찔리고…."

이때, 지나가던 그 동네 가정부 왈.

"××년, 행복한 소리 하고 자빠졌네. 난 낮에는 빨래 빨고 밤엔 ×× 빤다."

그러자 바로 옆에 서 있던 땡중 왈.

"이년들아, 난 낮엔 목탁 치고 밤엔 ××이 친다!"

다방커피

한 남자가 커피가 마시고 싶어 자판기를 찾았다.

"어디 보자. 밀크커피, 설탕커피, 프림커피… 엇! 다방커피? 못 보던 커피가 있네. 이게 뭐지? 맛이 어떤지 한번 마셔보자."

남자는 천 원짜리 지폐를 넣고 다방커피를 선택했다.

"덜~ 커덕 지~ 잉!"

"뭐야, 밀크커피랑 똑같잖아? 에이~ 속았네!"

그런데 갑자기 자판기에서 또 한 잔의 커피가 나오며 애교 섞인 목소리가 흘러나왔다.

"오~ 빠! 나도 한잔 마실게~!"

고무패킹

한 남자가 아내와 8명의 아이들을 데리고 버스정류장에 서 있었고, 뒤이어 한 맹인이 합류했다.

얼마 후 버스가 도착했다. 남자의 아내와 8명의 아이들은 버스에 올랐는데, 더 이상 앉을 좌석이 없었다. 그래서 어쩔 수 없이 남자와 맹인은 걸어가게 되었다.

두 사람이 나란히 걷고 있을 때 맹인의 지팡이 치는 소리가 남자를 짜증나게 했다. 그래서 견디다 못한 남자가 한마디 했다.

"그 지팡이 소리 참 거슬리네. 지팡이 끝에다 고무패킹을 할 수는 없는 거요?"

그러자 맹인은 이렇게 말을 받는 것이었다.

"만약 당신이 당신 지팡이 끝에다 고무를 붙이고 했다면, 우리 둘 다 저 버스에 앉아있을 거요."

치과의사

한 남자와 여자가 우연히 바에서 만났다. 서로 마음이 잘 맞았던 두 사람은 곧 술을 나눠 마시고 여자의 집으로 향하게 되었다.

남자는 술을 한 모금 더 마신 뒤, 셔츠를 벗었다. 그리고는 손을 씻었다. 그런 다음 다시 바지를 벗고 손을 씻었다.

그러자 남자의 행동을 유심히 지켜보고 있던 여자가 말했다.

"당신 치과의사 맞죠?"

남자는 깜짝 놀랐다.

"아니, 그걸 어떻게 알았죠?"

여자가 말했다.

"쉬운 일이죠. 당신은 계속해서 손을 씻고 있거든요."

두 사람의 분위기는 무르익었고, 분위기에 휩싸여 섹스를 하게 되었다.

일이 끝난 후 여자가 다시 말했다.

"당신은 정말 대단한 치과의사네요."

그 말을 들은 남자는 자존심에 도취되어 말했다.

"물론입니다. 난 대단한 치과의사죠. 그런데 그걸 어떻게 알았는지?"

여자가 말했다.

"뭐, 쉬운 일이죠. 난 아무런 느낌도 없었으니까!"

이상한 처치

요한이 의사 코헨의 진료실로 들어가서 책상에 쪽지 한 장을 올려놓았다. 그 쪽지엔 이렇게 쓰여 있었다.

– '저는 말을 할 수 없습니다. 절 좀 도와주십시오.'

의사가 잠시 생각하더니 요한에게 말했다.

"선생의 페니스를 여기 책상 위에 올려놓으세요."

"…?"

요한은 이건 좀 이상하다고 생각했다. 하지만 코헨은 전문의였다. 그래서 별 의심 없이 그가 시키는 대로 했다.

그러자 의사는 고무망치를 집어 들더니 요한의 페니스를 힘껏 내리쳤다. 요한이 극심한 고통으로 울부짖었다.

"AAA…!"

의사가 말했다.

"됐습니다. 내일 다시 오세요. 그러면 'B'를 배우게 될 겁니다."

황당 수수께끼시리즈

개미네 집 주소는?

– 허리도 가늘군 만지면 부러지리.

타이타닉의 구명보트에는 몇 명이 탈수 있을까?

– 9명(구명보트)

금은 금인데 도둑고양이에게 가장 어울리는 금은?

– 야금야금

붉은 길에 동전 하나가 떨어져 있다. 그 동전의 이름은?

– 홍길동전

사람의 몸무게가 가장 많이 나갈 때는?

– 철들 때

A젖소와 B젖소가 싸움을 했는데 B젖소가 이겼다. 왜 그랬을까?

– A젖소는 '에이 졌소' 이고, B젖소는 '삐 졌소' 였다

젖소와 강아지가 싸우면 누가 이기는가?

– 강아지('너 졌소', '나 강하지')

고인돌이란?

– 고릴라가 인간을 돌멩이 취급하던 시대

절세미녀란?

– 절에 새들어 사는 미친 여자

눈치코치란?

– 눈 때리고 코 때리고

오리지날이란?

– 오리도 지랄하면 날수 있다

땅 투기 꾼과 인신 매매 범을 7자로 줄이면?

– 땅팔자 사람팔자

도둑이 도둑질하러 가는 걸음걸이를 4자로 표현하면?

– 털레털레

식인종이 밥투정 할 때 하는 말은?

– 에이, 살맛 안나~!

양초 갑에 양초가 꽉 차 있을 때를 3자로 줄이면?

– 초만원

'개가 사람을 가르친다' 를 표현한 사자성어는?

– 개인지도

아무리 예뻐도 미녀라고 못하는 이 사람은?

– 미남

세상에서 가장 빠른 닭은?

– 후다닥

세상에서 가장 야한 닭은?

– 홀닥

닭은 닭인데 먹지 못하는 닭은?

– 까닭

하늘에는 총이 두개 있고 땅에는 침이 두개 있다. 무엇?

– 별총총, 어둠침침

'코끼리 두 마리가 싸움을 하다가 코가 빠졌다' 를 4자로 줄이면?

– 끼리끼리

'흥부가 자식을 20명 낳았다' 를 5자로 줄이면?

– 흥부 힘 좋다

'태종태세문단세…' 를 5자로 줄이면?

– 왕입니다요

호랑이는 영어로 Tiger이다. 그러면 이 빠진 호랑이는?

– Tigr

재수 없는데 재수 있다고 하는 것은?

– 대입 낙방

많이 맞을수록 좋은 것은?

– 시험문제

한국이 배출한 세계 최초의 여성 장군은?

– 지하여장군

이 세상에 태어나 단 한 번만 먹고 입을 다물어 버리는 것은?

– 편지봉투

'술과 커피는 안팝니다' 를 4자로 줄이면?

– 주차(酒茶) 금지

종달새 수컷이 암놈을 부르는 방법은?

– 지지배(배)

길거리에서 목탁을 두드리면서 행인들에게 시주를 받는 스님을 무슨 중이라고 할까?

– 영업중

IQ 30이 생각하는 산토끼의 반대말은?

– 끼토산

IQ 60이 생각하는 산토끼의 반대말은?

– 집토끼

IQ 80이 생각하는 산토끼의 반대말은?

– 죽은 토끼

IQ 100이 생각하는 산토끼의 반대말은?

– 바다 토끼

IQ 110이 생각하는 산토끼의 반대말은?

– 판 토끼

IQ 120이 생각하는 산토끼의 반대말은?

– 알칼리 토끼

못 먹는 밥의 종류는 몇 가지일까?

- 82가지 : 쉰밥(50)+서른밥(30)+톱밥(1)+눈치밥(1)

일일생활권이란?

- 차가 막혀서 어디를 가나 하루 걸린다는 뜻

성인(聖人)과 성인(成人)의 차이는?

- 석가모니가 집을 나가면 출가, 내가 나가면 가출

'옷을 홀딱 벗은 남자의 그림'을 4글자로 줄이면?

- 전라남도

짱구와 오징어의 가장 큰 차이는?

- 짱구는 못 말리고 오징어는 말릴 수 있다

제비족에게 최초로 당한 여자는?

- 놀부마누라

복숭아는 언제 따먹어야 제일 맛있을까?

- 주인 없을 때.

젖소에는 4개가 있고 여자에게는 2개가 있는 것?

- 다리.

최근 여성용 비아그라가 출시되었다고 하는데?

- 벌리그라

개가 문제야

한 농부가 휴가를 떠났다가 어떤 무인도에서 고립되었다. 비상식량은 모두 먹어 치웠고, 이제 그에게 남은 거라곤 로프 한 가닥과 양 한 마리 그리고 개 한 마리뿐이었다.

한주일쯤 지난 후 그는 성욕을 참을 수 없었다. 한참 골몰한 끝에 농부는 양을 붙잡아 끈에 묶고 나무에 붙들어 맸다. 유일한 문제는 그가 양에게 다가갈 때마다 개가 달려들어 공격한다는 것이었다.

똑같은 일이 계속해서 반복되는 어느 날, 농부는 갑자기 여자의 비명 소리를 들었다.

그는 그 섬의 반대쪽으로 뛰어갔고, 그곳에서 막 익사하기 직전의 아름다운 여자를 발견했다. 그는 즉시 물속으로 뛰어들어 그녀를 해안으로 안전하게 끌어올렸다.

한마당 가쁜 숨을 몰아쉬고 난 그녀가 말했다.

"당신은 저의 목숨을 구해주셨어요! 제가 이 은혜를 어떻게 갚아야 하죠?"

그가 재빨리 대답했다.

"여기, 내 개를 잠시 붙들어주시오!"

한 시간 빨라

한 대담한 남자가 바에 들어가 아주 매력적인 여자 곁에 자리를 잡았다. 그는 그녀를 힐끗 한번 훑어보고 나서, 태연하게 자신의 손목시계를 들여다보았다.

그러자 여자가 호기심을 느끼고 물었다.

"데이트할 여자 분이 늦나요?"

그가 대답했다.

"아닙니다. 방금 이 최첨단 시계를 샀는데, 그냥 테스트하고 있습니다."

더욱 흥미를 느낀 여자가 물었다.

"최첨단 시계라고요? 뭐가 그렇게 특별해요?"

"이 시계는 알파 파장을 이용하여 텔레파시로 나에게 말해주죠."

"지금은 뭐라고 말하고 있나요?"

그가 여자를 지그시 응시하며 말했다.

"음, 당신은 지금 노팬티라고 말하고 있네요."

그 말을 들은 여자는 낄낄 웃으면서 대답했다.

"그렇다면 그 시계는 고장 났군요. 왜냐하면 난 팬티를 입고 있거든요!"

그 말을 들은 남자가 자기 손목시계를 들여다보며 푸념했다.

"그렇다면 이놈의 시계가 한 시간 빠른 게 틀림없군요!"

내 소변이 문제야

한 남자가 병원 대기실에 앉아 차례를 기다리고 있는데, 얼마 후 조금 아는 사람이 들어와 그 옆에 앉았다.

뒤에 들어온 사람이 물었다.

"여여여기서 뭐뭐뭐하고 이이이있어요?"

남자가 대답했다.

"의사를 기다리고 있어요."

"왜왜왜 의의의사를 마마만나려고 해해요?"

남자가 대답했다.

"음, 말하기 좀 그렇지만, 궁금하다면 말하죠. 전립선에 문제가 있어서요."

"저저저전립선 무무문제, 그그그게 뭐뭐뭔데요?"

"음, 정 알고 싶다면 말하지요. 내 소변이 당신이 지금 말하는 것처럼 나와서요…."

연령대별 대답

한 아저씨가 술집에서 "진달래(진짜 달래면 줄래?)" 라고 말했다. 이에 대해 아줌마들의 대답은 연령대별로 다르다.

20대 : 택시(택도 없다 시발 넘아)

30대 : 물안개(물론 안 되지 개자식아)

40대 : 소주(소문 안내면 주지…)

50대 : 양주(양껏 주지)

60대 : 물안개(물 안 나와도 개안타면…)

70대 : 물안개(물어 보지도 안나 개새끼야)

고사 성어

그녀와 나는 약속이나 한 듯이 여관 앞에 멈춰 섰어.

·····················〈이심전심〉

여관 앞 글귀도 계절 따라 이렇게 바뀌어있더군.

·····················〈난방완비〉

갑자기 그녀가 이래서는 안 된다며 집으로 가자며 빼는 거 있지.

·····················〈일단정지〉

머뭇거리던 그녀, 이내 순순히 날 따라 들어왔어.

·····················〈여필종부〉

사랑하는 사인데 뭐 어떠냐며 그녀를 설득했지.

·····················〈감언이설〉

난 방값을 지불하고 칫솔 두개와 키를 받아 쥐었지.

·····················〈공식절차〉

결국 마음씨 고운 그녀는 내게 모든 걸 맡기기로 했어.

·················〈현모양처〉

캬캬캬 역시 난 프로야!

·················〈자아도취〉

그때 날 보던 낯익은 주인할머니, 반갑게 인사하는 거 있지.

·················〈과잉친절〉

난 잠시 당황했지만 이내 "절 아세요?" 라고 반문했지.

·················〈포커페이스〉

그랬더니 한수 더 떠 "알다 마다 단골을 왜 몰러~" 이러는 거야.

·················〈점입가경〉

하지만 난 여유 있게 "할머니, 요즘 과로하시나보군요" 라고 말했어.

·················〈우문현답〉

그제야 할머니는 그녀와 날 번갈아 보더니 고개를 갸우뚱하시더군.

·················〈긴가민가〉

난 더 이상 무슨 말이 나오기 전에 잽싸게 계단을 올라갔어.

·················〈긴급대피〉

암튼 그렇게 위기는 넘겼지만 그녀의 눈초리가 좀 걸리긴 하더라고.

·················〈껄쩍지근〉

하지만 예상외로 그녀는 내게 이렇게 말했어. 걱정 마, 다 이해하니까.

·················〈공소기각〉

알고 보니 그녀 역시 프로였던 거야.

·················〈난형난제〉

객실로 가는 도중 곳곳에서 야릇한 소리가 들려오는 거 있지.

··················〈각양각색〉

온갖 비명과 신음 소리로 가득하더군.

··················〈아비규환〉

난 방에 들어가자마자 옛날 사건 때문에 문부터 굳게 잠궜어.

··················〈재발방지〉

그녀는 이런 덴 첨이라는 듯이 얼굴을 붉히더군.

··················〈내숭극치〉

난 그녀에게 굶주린 짐승처럼 덮쳐들었지.

··················〈영웅본색〉

난 하느님께 감사했어. 이렇게 훌륭한 일용할 양식을 주옵시고.

··················〈주기도문〉

그러자 그녀는 샤워는 해야지 않겠냐는 거였어. 후후!

··················〈예의범절〉

그녀가 씻는 동안 난 비디오도 틀고 조명도 야시시하게 바꿔놓았지.

··················〈환경미화〉

드디어 욕실 문이 열리고 그녀는 수건으로 몸을 가린 채 나왔어.

··················〈개봉박두〉

근데 이게 웬걸…? 위장과 변장이 벗겨지니 아까 보았던 그녀는 온데
간데없는 거야.

··················〈표리부동〉

쭉쭉 빵빵하던 몸매도 알고 봤더니 뽕과 복대 때문이더라고.

··················〈과대포장〉

젠장! 그래도 어떡해. 여기까지 왔는데….

124

······················〈본전생각〉

절대 서두르지 않고 그녀의 곳곳을 터치 해준 거야.

······················〈박애정신〉

그녀 역시 부끄러워하지 않고 비무장지대까지 과감하게 개방해 주더군.

······················〈자유만세〉

콘돔을 미처 준비 못한 게 찜찜했지만.

······················〈유비무환〉

뭐 별일이야 있겠어…?

······················〈순간방심〉

난 재빨리 불을 끄고 그녀위로 올라탔지.

······················〈암벽등반〉

그리곤 집요하게 그녀를 공략하기 시작한 거야.

······················〈문전쇄도〉

거칠어지는 내 호흡에 맞춰 그녀도 신음소리로 화답을 해우더군.

······················〈부창부수〉

내 화려한 필살기법에 그녀는 거의 숨이 넘어가기 시작했어.

······················〈껄떡껄떡〉

그녀의 소리에 옆방에서도 화답해오는 거 있지?

······················〈이구동성〉

졸지에 난 옆방게임까지 즐기게 됐어.

······················〈이원방송〉

생각 같아서는….

······················〈파죽지세〉

마음 같아서는….

……………………〈일장일단〉

의욕 같아서는….

……………………〈좌충우돌〉

하고 싶었지만…. 오랫동안 굶주린 탓인지 그만….

……………………〈아사직전〉

아무튼 난 더 이상 참지 못하고 그 넘(?)을 그녀의 에덴동산 앞에 들이 댔어.

……………………〈정상회담〉

이제 도장만 찍으면 되는 거야.

……………………〈화룡점검〉

암튼 난… 엄청난 전율과 함께 절정에 도달했어.

……………………〈대미장식〉

그녀는 어이없다는 듯 날 째려보았어.

……………………〈저런 등신〉

잠시 쉬려는데 이게 웬걸?? 옆방에선 아직도 소리가 들려오는 거야.

……………………〈색정남녀〉

아마도 그동안 밀린 걸 다 채우는 모양이야.

……………………〈더블헤더〉

끊임없이 들려오는 옆방 신음소리에 나도 슬슬 오기가 생기더라고.

……………………〈경쟁의식〉

그녀 역시 옆방 분위기를 등에 업고 내게 뭔가를 갈구하는 눈치였어.

……………………〈어부지리〉

나는 자존심 회복을 위해 다시 한 번 시도했어.

........................〈칠전팔기〉

하지만 나의 그 넘(?)은 전혀 움직일 기미가 보이지 않았어 ㅜㅜ

........................〈요지부동〉

왕년엔 이러지 않았었는데….

........................〈격세지감〉

난 그녀를 위해 더 이상 해줄 게 아무것도 없었던 거야.

........................〈낙심천만〉

그런데 바로 그 순간 갑자기 그녀가 내 위로 올라오는 거야.

........................〈돌발사태〉

예상 외로 그녀의 테크닉은 정말 굉장하더군.

........................〈다크호스〉

생전 첨보는 신기한 묘기까지 부려대며 난리굿을 벌이더라고!

........................〈기인열전〉

결국 난 더 참지 못하고 다 쏟아내고 말았어.

........................〈앵꼬상태〉

코에는 쌍코피, 눈앞에는 별들이….

........................〈과유불급〉

하지만 그녀는 멈추지 않고 쉴 새 없이 흔들어대는 거야.

........................〈독야청청〉

그렇게 안 봤는데 점점 과거가 의심스러워 지더라고.

........................〈전과조회〉

그때였어. 문이 쾅 열리며 웬 험상궂은 놈이 뛰어 들어와 소리치더군.

·················〈빨리안빼?〉

난 기가 막혀 그 놈을 꼴아 보는데, 그녀의 입에서 나온다는 말이,

"어머, 여보!"

·················〈사태반전〉

이런 젠장! 둘은 부부였던 거야.

·················〈비상사태〉

더 이상 무슨 말이 필요해? 난 잽싸게 그 놈 앞에 무릎을 꿇었어.

·················〈전관예우〉

난 최대한 비굴한 표정을 지으며 싹싹 빌었지.

·················〈풍전등화〉

그 놈은 나에게 '죽느냐 사느냐' 둘 중 하나만 택하라더군.

·················〈사생결단〉

난 물에 빠진 생쥐 꼴로 그녀에게 구원의 눈빛을 보냈어.

·················〈애걸복걸〉

그녀는 좋게 해결하는 게 신상에 좋을 거라는 눈빛으로 답하는 거야.

·················〈토사구팽〉

결국 난 세종대왕 덕택에 고개 숙인 채 그 방을 나올 수 있었어…ㅠ

·················〈강제방출〉

옆방 연놈들의 만족한 웃음소리가 복도까지 들려오더군.

·················〈희희락락〉

그래 배울 건 배워야 돼. 나두 저렇게 훌륭한 사람이 되어야지.

·················〈타산지석〉

근데 말이야. 복도를 지나는데 옆방 문이 조금 열려져 있는 것 아니겠어?

·····················〈천재일우〉

도대체 어떤 연놈들인지 궁금해서 살며시 문을 열고 들여다봤어.

·····················〈견물생심〉

근데 하필 누워있는 여자와 눈이 마주친 거야.

·····················〈극적대면〉

그 순간 그 여자 갑자기 소스라치며 "어머? 여보!" 이러는 거 있지!

·····················〈청천벼락〉

자세히 보니 그 여자 내 마누라였어 ㅠㅠ

·····················〈패가망신〉

차라리 안보고 그냥 지나칠 걸. 내가 왜 그랬을까!

·····················〈식자우환〉

결국 우리 가정은 이렇게 돼버렸어.

·····················〈이산가족〉

이제와 생각하면 다 내 탓이라고 생각해.

·····················〈자업자득〉

옆에 있을 때 열심히 찍어줄걸

·····················〈일수도장〉

정말 뼈저리게 느낀 교훈이야.

·····················〈소탐대실〉

놈놈놈

1. 멋진 놈 : 먹어놓고도 평생 입 다물고 있는 놈!

2. 이쁜 놈 : 대여섯 번씩 끝내주게 해주고 용돈까지 쥐어주는 놈!

3. 못난 놈 : 준다고 해도 못 먹는 놈!

4. 더 못난 놈 : 줘도 서지 않아 못 먹는 놈!

5. 미운 놈 : 혼자만 기분 내고 발랑 뒤로 자빠지는 놈!

6. 더 미운 놈 : 먹다가 중간에 멈추는 놈!

7. 미친 놈 : 한번 달라고 자꾸 쫓아다니는 놈!

8. 더 미친 놈 : 한번 먹었으면 그만이지 자꾸 또 달라고 하는 놈!

9. 패대기칠 놈 : 먹고 나서 동네방네 소문내고 다니는 놈!

10. 죽일 놈 : 먹을 땐 아무 말 없더니 먹고 나서 맛없다고 하는 놈!

11. 나쁜 놈 : 먹고 나서 서방행세 하면서 매일 돈 뜯어 가는 놈!

12. 더 나쁜 놈 : 돈 안주면 까발리겠다고 하는 놈!

13. 개 같은 놈 : 뒤로만 하겠다고 우기는 놈!

순진한 여자 vs 독한 여자

1. 노래방에서 서비스 조금 줄 때

순진한 여자 : 음… 오늘 손님이 많으니까 서비스가 짧구나 생각한다.

독한 여자 : 들어오자마자 탬버린 작살내고, 리모컨 약 빼고, 나갈 때

는 마이크 뚜껑만 빼간다.

2. 예쁜 여자가 지나갈 때

순진한 여자 : 예쁜 여자를 보며 나도 저렇게 예뻤으면 좋겠다고 생각한다.

독한 여자 : 길을 비켜주지 않거나, 어깨로 치고 먼저 "아 이게 뭐하는 짓이야!" 하고 시비를 건다.

3. 싸움 날 때

순진한 여자 : 그냥 져주거나 피해간다.

독한 여자 : (실내) 책상위로 올라가 형광등 빼서, 리드 한다. (실외) 싸움이 시작되는 동시에 길거리에 있는 몽둥이나 식당 간판 먼저 들고 치고 들어간다. (일명 돌발소녀)

4. 볼펜을 잃어버렸을 때

순진한 여자 : 자기 실수를 인정하며 혼자 속상해한다.

독한 여자 : 찾다가 없으면 친구 것 뽀린다.

5. 장난전화

순진한 여자 : 같이 장난쳐주거나 좋게 끝낸다.

독한 여자 : 장난 전화 건 놈이 낭패다.

6. 미팅 장에서 파트너가 맘에 안들 때

순진한 여자 : 참 개성 있게 생겼다며 그날만은 재미있게 놀아준다.

독한 여자 : 이 한마디 하고 그냥 나가버린다. "참~ 찹찹하다."

일본인 창씨유래

현재 일본에 존재하는 약 17만 개의 성씨 중 대부분은 메이지유신 때 호적정리를 하면서 만들어졌다고 알려졌다.

그런데 일본인들의 족보를 들춰보면, 도요토미 히데요시가 천하통일을 하는 과정에서 남자들이 전장에서 너무 많이 죽자 왕명으로 모든 여자들에게 외출할 때 등에 담요 같은 것을 항상 매고 아래 속옷은 절대 입지 말 것이며, 어디서든 남자를 만나면 동침을 하게했다. 이것이 일본 여인의 전통의상인 기모노의 유래라고 한다.

이왕에 등에 담요를 매고 다닐 바에는 여유 있는 여자들이 비단으로 멋을 내고 다녔고, 지금도 일본 여자들은 기모노를 입을 때는 절대 팬티를 입지 않는 습성이 남아 있다고 한다.

그 덕에 운 좋게 전장에서 살아남은 남자들은 여름에는 훈도시라는 삼각팬티 같은 것만 느슨하게 걸치고 다니면서 아무 여자고 마음에 들면 차지할 수 있는 행운이 주어졌다. 그 결과 아이의 아버지가 누군지 알 수 없는 경우가 많아 할 수 없이 아이를 갖게 된 장소를 가지고 이름을 짓게 되었는데, 그것이 지금까지 전래된 일본인들의 창씨유래라고 한다. 그래서 세계에서 성씨가 가장 많은 나라가 바로 일본이다. 한국의 성씨는 대략 300개 정도인데 반해 일본인의 성씨는 17만개가 넘는다고 한다.

다음은 유머로 풀어본 일본인의 창씨유래(創氏由來)로, 그 실례를 살펴보자.

木下 목하(기노시타)·············나무 밑에서.

山本 산본(야마모토)·············산 속에서 만난 남자의 씨.

竹田 죽전(다케다)·············대나무 밭에서.

大竹 대죽(오타케)·············큰 대나무 밑에서.

中山 중산(나까야마)·············산 중턱에서.

村井 촌정(무라이)·············시골 동네 우물가에서 만든 아이.

山野 산야(야마노)·············산인지 들판에서인지 아리송한 경우.

川邊 천변(가와베)·············끝내고 주위를 보니 개천이어서.

森永 삼영(모리나가)·········숲속에서 오래 만난 남자의 씨.

山下 산하(야마시타)·············산 아래에서.

麥田 맥전(무기타)·············보리밭에서.

福田 복전(후꾸다)·············복 많은 밭에서.

豊田 풍전 (도요다)·············풍년 든 밭에서.

中村 중촌 (나까무라)·········마을 한 복판에서.

西村 서촌 (니시무라)·············서쪽 마을에서.

太田 태전 (오타)·············콩밭에서.

田中 전중 (다나까)·············밭 가운데서.

山田 산전 (야마다)·············산속에 있는 밭에서.

澤近 택근 (사와치카)·············연못 가까운 곳에서.

石川 석천 (이시카와)·············냇가 돌 위에서.

이런 식으로 유난히 밭田 자가 많은 것은, 논畓에서는 물 때문에 어려워 주로 밭에서 애를 만들었기 때문이라고 한다.

얄미운 여자

여자가 이것도 좋고 저것도 좋으면 남이 볼 때는 얄밉게 보인다.

10대 : 공부도 잘하고 얼굴도 예쁜 여자. (공부 잘하는 여자는 대개 얼굴이 못 생겼다).

20대 : 쌍꺼풀 수술을 했는데 수술이 너무 잘 돼 원래 자기 것처럼 보이는 여자. (보통은 쌍꺼풀 수술을 한 표가 난다).

30대 : 학교 다닐 때는 공부도 못하고 별 볼일 없었는데 결혼 한 번 잘하더니 외제차 타고 다니는 여자. (잘 난 여자도 결혼생활이 행복하기 어렵다).

40대 : 자기는 골프치고 해외여행 다니고 할 짓 다하는데 애들은 서울대에 꼬박꼬박 들어가 주는 여자. (대부분의 여자들은 자기는 놀지도 못하고 애한 테만 매달려도 애를 서울대는커녕 인서울도 성공하기 힘들다.)

50대 : 밥을 아무리 많이 먹어도 살 안찌는 여자. (보통은 조금만 먹어도 나이 들면 살이 찐다).

60대 : 남편이 돈만 많이 벌어놓고 일찍 죽어준 여자. (보통은 남편이 돈도 못 벌고 죽지도 않는다).

70대 : 평생 오만가지 좋은 일은 다 즐기고 죽어서 천당까지 가려고 성당에서 세례 받은 여자. (평생을 어렵게 산 사람들이 죽어서라도 행복하게 지내려고 성당에 열심히 다닌다.)

어른들의 비밀

한 꼬마가 동네 친구로부터 흥미로운 얘기를 들었다.

"어른들은 무엇이든지 꼭 비밀이 한 가지씩 있거든. 그걸 이용하면 용돈을 벌 수 있어."

꼬마는 당장 실험을 해보려고 집으로 뛰어가 엄마한테 말했다.

"엄마, 나 모든 비밀을 알고 있어."

그러자 엄마가 깜짝 놀라서 얼른 만원을 주며 말했다.

"절대 아빠한테는 말하면 안 된다?"

이에 신난 꼬마는 아빠가 들어오자 슬쩍 말했다.

"아빠, 나 모든 비밀을 알고 있어."

그러자 아빠는 꼬마를 냉큼 방으로 데려가더니 지갑에서 2만원을 꺼내주며 말했다.

"너 엄마한테는 절대 말하면 안 된다."

꼬마는 다음날 아침 우편배달부 아저씨가 오자 말했다.

"아저씨, 나 모든 비밀을 알고 있어요."

그러자 우편배달부는 눈물을 글썽거리며 이렇게 말하는 것이었다.

"그래, 이리 와서 아빠에게 안기렴…."

"…?"

고해성사

한 남자가 신부에게 고해성사를 하고 있었다.

남자 : 한 여자와 거의 정을 통할 뻔했습니다.

신부 : 할 뻔했다니? 그게 무슨 소리입니까?

남자 : 우리는 옷을 벗고 비벼대다가 중단했습니다.

신부 : 서로 비벼댔다면 그것은 삽입을 한 것이나 다를 바가 없어요. 어서 성모송을 다섯 번 외우고 헌금함에 50달러를 넣으세요.

이윽고 남자는 헌금함에 가서 잠시 머뭇거리다가 성당에서 나가려고 했다. 그때 신부가 얼른 달려가 말했다.

신부 : 돈을 안 넣고 가실 건가요?

남자 : 신부님, 저는 방금 전 돈을 헌금함에 대고 비볐습니다. 비벼대는 것이 넣은 것이나 다를 바가 없다면서요?

할머니의 명언

결혼 적령기에 들어선 손녀가 할머니와 결혼생활에 대해 얘기하고 있었다.

이런저런 이야기 끝에 손녀가 할머니에게 물어보았다.

"할머니, 다시 태어난다면 할아버지와 또 다시 결혼 하실 거예요?"

이에 할머니는 망설임 없이 대답하셨다.

"오냐, 그럴 것이야…"

손녀는 할머니의 대답에 존경스러움을 느꼈다.

"할머니는 할아버지에 대한 사랑이 정말 깊으시군요."

"넌 어려서 철 들려면 아직 멀었구나."

할머니가 말씀하셨다.

"다 그놈이 그놈이여…"

고자 유머

일본어로, 명자는? 아끼꼬.

옥자는? 다마꼬.

경자는? 게이꼬.

그럼 고자는?

– 우야꼬.

흥부가 따귀를 맞은 까닭?

1

하루는 흥부가 양식이 떨어져서 놀부 형님 댁에 쌀을 얻으러 갔다. 그런데 때마침 놀부형님은 없고 형수인 놀부 마누라만 집에 있었다.

흥부 : 계세유~?

형수 : (밥을 푸다 말고 빠끔히 내다보며) 누구세요~?

흥부 : 저 흥분대유~~!

그 말을 들은 놀부마누라 흥부 얼굴을 주걱으로 찰싹!

2

형수 : 근데 왜 왔소?

흥부 : 사정 좀 하려구유~!

형수 : 이런…! 어서 썩 돌아가지 않고 뭐해!

흥부 : 저 그냥 서 있는데유~~!

또 찰싹! 후려치는 놀부마누라.

3

형수 : 근데 왜 왔소?

흥부 : 쌀 얻으러 왔는데유~~!

(이 발음이 하필 놀부마누라의 귀에는 '싸러 들어 왔는데유' 로 들렸다.)

형수 : 너 임마! (흥부 귀에는 이 말이 하필 '넣어 임마' 로 들렸다)

흥부 : (물건을 넣으려 바지를 벗으려고 하다가) 또 찰싹!

4

형수 : 참나, 아침부터 재수가 없으려니까! (속이 뒤집어지고 아팠지만 참고 빨래터로 향한다. 흥부 따라간다)

흥부 : (형수가 놀부형의 속옷 빨래를 하는 것을 보고) 기왕에 제 것도

빨아 주세유?

형수 : (드디어 화가 폭발하여 빨래방망이로 사정없이 흥부를 두들겨 팼다.)

5

형수: (집에 돌아와 놀부의 사진 액자가 바닥에 떨어져 있는 걸 발견하고 망치를 집어 들었다.)

흥부 : 제가 박아 드릴께유~!

(그날 흥부는 비오는 날 개 패듯이 얻어맞았다.)

효험 있는 기도

교회에서 단체로 영화 구경을 갔는데 큰 화면에 벌거벗은 성인 남녀가 나오는 야한 장면이 펼쳐지고 있었다. 고개를 어디에 둘지 모르고 두리번거리던 목사는, 결국엔 고개를 푹 숙인 채 영화를 보지 못했다.

그 모습을 바로 옆에서 지켜보던 신도, 주위의 사람들이 알아들을 수 있도록 기도를 드렸다.

"오! 주여, 목사님께서는 지금 헐벗고 신음하는 자를 외면하고 계시옵니다. 죄를 사하여 주옵소서."

기도 소리를 듣자마자 목사는 고개를 들고 영화를 보기 시작했다.

성적 타락

사람들이 성적 타락 현상에 빠져 있는 것에 분노한 목사가 소리쳤다.

"남녀 간에 정을 통했던 사람들은 모두 일어나요!"

그러자 그 자리에 나왔던 사람들의 반이 일어났다.

목사가 다시 소리쳤다.

"남자들끼리 관계했던 사람들은 모두 일어나요!"

이번에는 남자 둘이 일어났다.

목사는 다시, "여자들끼리 관계했던 사람들도 모두 일어서요!" 했다.

여자 몇 명인가가 일어섰다.

이렇게 되자 어린 맹구를 빼고는 모두가 자리에서 일어나는 상황이 되었다.

"맹구야! 죄짓지 않은 사람은 너 한 사람뿐이로구나!"

목사가 말하자 맹구가 대답했다.

"목사님, 혼자서 하는 건 죄가 안 되는 거죠?"

술에 취하면

한 잔은 이 선생

두 잔은 이 형

석 잔은 여보게

넉 잔은 어이
다섯 잔은 아!
여섯 잔은 이 새끼
일곱 잔은 병원 행

사장은 여자에 취해 정신이 없고
전무는 술에 취해 정신이 없고
계장은 눈치 보기 정신이 없고
말단은 빈 병 헤아리기 정신이 없고
마담은 돈 세기에 정신이 없다.

동생 밭

세 살 배기 어린 아들이 엄마 아빠가 그걸 하는 장면을 목격했다.
아빠가 자연스럽게 아이한테 말했다.
"애야, 이건 너의 동생 씨를 밭에 심는 거란다."
다음날, 남편이 퇴근하여 집에 들어오자 아이가 울면서 이렇게 말했다.
"아빠, 큰일 났어. 우유배달아저씨가 동생 밭을 망가트렸어!"

빈자리

역 대합실에 들어선 한 노인이 어떤 청년의 옆자리가 빈 것을 보고 반가운 표정으로 물었다.

"젊은이, 여기 좀 앉아도 되겠나?"

젊은이는 귀찮다는 듯이 딱 잘라 노인을 뿌리쳤다.

"사람 있습니다."

그때 예쁘장하게 생긴 아가씨가 그 자리로 다가왔다. 그러자 청년은 희색이 만면한 얼굴로 그녀에게 말했다.

"아가씨, 여기 앉으세요."

그 모습을 본 노인이 화를 내며 물었다.

"아니, 방금 전엔 사람이 있다고 하지 않았나?"

청년이 뻔뻔하게 대꾸했다.

"그래서 어떻단 말입니까? 바로 이 아가씨지요. 이 아가씬 내 동생입니다."

"허튼 소리 작작하게!"

노인이 꾸짖었다.

"이 아인 내 딸이야. 내가 언제 너 같은 아들 녀석을 낳았더냐?"

안 되겠어

칠순의 할아버지가 혼자 아파트를 지키고 있는데 20대 처녀 도둑이 훔치러 들어왔다.

할아버지가 그녀를 붙잡고 호통을 쳤다.

"넌 도둑이니 내 당장 경찰에 신고해야겠다!"

그러자 처녀도둑이 눈물로 애원하며 매달렸다.

"할아버지 한 번만 봐주세요. 용서해주신다면 뭐든 다 할게요."

"뭐든지?"

"네, 뭐든지… 원하신다면 제 몸까지 바치겠어요."

그래서 할아버지는 처녀도둑을 눕히고 그 '뭐든지' 중 하나를 제공받기로 했다.

하지만 아무리 젖 먹던 힘을 다 해봐도 허사였다. 땀을 뻘뻘 흘리며 노력 해봐도 그것이 안 되는 것이었다.

할아버지가 긴 한숨을 내쉬고는 말했다.

"안되겠다. 역시 그냥 경찰에 신고를 할 수밖에…!"

예술과 외설의 차이

└ 보고 나서 눈물이 나면 예술, 군침이 돌면 외설.

└ 애인과 같이 보면 예술, 친구와 함께 보면 외설.

─ 보고 마음의 변화가 생기면 예술, 몸의 변화가 생기면 외설.

─ 처음부터 다시 보면 예술, 주요 부분만 다시 보면 외설.

─ 전체 화면이 뿌옇게 처리되면 예술, 부분만 뿌옇게 처리되면 외설.

─ 비디오를 빌려줘서 돌아오면 예술, 안 돌아오면 외설.

─ 주말의 명화에 나오면 예술, 다섯 개 만원씩이면 외설.

─ 장면이 생각나면 예술, 제목만 생각나면 외설.

─ 감동이 상반신으로 오르면 예술, 하반신으로 오르면 외설.

교접

시골길을 가던 한 노인이 황소 한 마리를 끌고 가는 소년을 보고 물었다.

"애, 넌 그 황소를 어디로 끌고 가는 게냐?"

"예, 건너 마을로 교접을 붙이러 가요."

어린 소년의 입에서 아무렇지도 않게 '교접'이라는 말이 흘러나오자 노인이 놀라며 물었다.

"아니, 뭐라고? 그런 일은 네 아버지가 직접 하지 않고…."

이에 소년은 더욱 놀라는 시늉을 하며 말했다.

"에이, 할아버지도! 그걸 어떻게 아버지가 직접 해요?"

하녀의 의문

대 저택을 소유한 어느 부자는 서재에 훌륭한 아폴로 조각품을 소유하고 있었다. 그 조각품은 아폴로의 그곳을 나뭇잎으로 가리지 않고 그대로 노출시킨 훌륭한 작품이었다.

그런데 어느 날, 서재 청소를 하던 그 집 하녀가 실수로 그만 조각품을 바닥에 떨어뜨렸다. 다행히 아폴로의 그곳만 부러지고 나머지 부분은 말짱했다. 몹시 놀란 하녀는 주인의 꾸지람이 두려워 그 떨어진 부분을 본드로 정교하게 붙여 놓았다.

잠시 후 서재로 들어온 주인은 무심결에 조각품을 바라보고는 깜짝 놀랐다.

"아니, 아폴로 상이 왜 이 모양이 됐지?"

하녀는 양심의 가책을 견디지 못하여 사실대로 털어놓았다.

"어, 어떻게 아셨어요? 제가 표 안 나게 잘 붙여 놓았는데?"

그러자 주인이 한심하다는 투로 말했다.

"멍청한 것! 이걸 거꾸로 붙여 놓았잖아! 이건 이렇게 아래를 향하고 있어야 하는 거야!"

그러자 하녀가 고개를 갸웃거리며 다시 물었다.

"그래요? 그런데 주인님의 그건 왜 항상 위로 서 있는 거죠?"

수도꼭지

어느 여학교에서 나이 많은 국어 선생님이 수업을 하고 있었다.

갑자기 학생들이 낄낄거리기 시작했다. 선생님이 열려진 바지 지퍼 사이로 그것이 빠져나온 줄도 모르고 수업을 하고 있었던 것이다.

그 때 보고만 있을 수 없었던 여학생 하나가 용기 있게 벌떡 일어섰다.

"선생님, 남대문 사이로 수도꼭지가 나왔는데요?"

그러자 나이 많은 선생님이 심드렁히 말했다.

"이거? 낡아서 녹물도 안 나와."

곶감장수와 세 여자

전국을 떠도는 곶감장수가 날이 저물자 외딴집을 찾아가서 하룻밤 묵기를 간청했다. 그 집엔 딸과 며느리와 시어머니 세 식구가 살고 있었다.

저녁을 배불리 얻어먹은 곶감장수가 자리에 누워 잠을 청하려고 했으나, 잠은 고사하고 세 여자의 얼굴만 삼삼하게 떠오르는 것이었다.

그래서 이 곶감장수는 그 집 딸을 가만히 불러내어 말했다.

"나하고 한 번 합시다. 대신 그 일을 하는 동안에 수를 세면 그 수만큼 곶감을 주겠소."

그러자 너무도 순진했던 딸은 꼬임에 넘어가고 말았다. 그래서 그 일을 시작하는데, 숫처녀였던 그녀는 열도 세지 못하고 그만 기절해 버렸다.

이에 재미를 다 보지 못한 곶감장수가 다시 며느리를 불러내 똑같은 제안을 했다.

남편이 장사를 떠난 지 석 달이 넘도록 돌아오지 않은 지라 며느리 역시 금방 꼬임에 넘어갔다. 그리고 일을 시작하자마자 수를 헤아릴 틈도 없이 무너져 버렸다.

"흐응~! 오메… 나 죽어…!"

이때 문밖에서 그 모든 일을 엿듣고 있던 시어머니가 한탄했다.

"이 괘씸한 것들! 곶감을 얻을 수 있는 기회를 그렇게 허무하게 놓치고 말다니!"

그리고는 스스로 자청해서 들어갔고, 곶감장수도 마다할 리가 없었다.

그런데 이 시어머니야말로 20여 년을 독수공방으로 지내온 터라 일을 시작하자마자 "억!"하고 터져 나오는 소리를 어쩔 수 없었다.

이 소리를 듣자마자 곶감장수가 다짜고짜 시어머니의 따귀를 때리면서 말했다.

"아무리 곶감에 욕심이 생겨도 그렇지! 하나부터 안 세고 억부터 세는 사람이 어딨어!"

여자와 무의 공통점

겉만 봐서 모른다.
바람 들면 못 쓴다.
껍데기를 벗겨야 먹을 수 있다.
고추를 버무려야 맛이 난다.
항상 수분이 유지되어 있어야 맛이 좋다.
싱싱할수록 더욱 좋다.

엉큼한 산신령

옛날에 한 선녀가 폭포에서 목욕을 하고는 물 밖으로 나왔다.
  그때 갑자기 산신령이 나타났다. 선녀는 깜짝 놀라 얼른 손으로 위를 가렸다.
  그러자 산신령이 소리를 질렀다.
  "이런 무례한 것, 밑이 보이느니라!"
  선녀는 당황하며 손을 내려 밑을 가렸다.
  그러자 산신령은 다시 호통을 쳤다.
  "어허, 이번엔 위가 보이느니라!"
  선녀는 머리를 써서 한 손으론 위를, 또 한 손으론 아래를 가렸다.
  그러자 산신령이 낄낄 웃으며 말했다.

"괜찮다. 이미 볼 건 다 봤느니라."

여승의 감옥

옛날에 왕이 자주 다니는 절에 한 여승이 머슴 하나만 두고 살았다.

그런데 이 머슴 놈이 자꾸 흑심을 품는 것 같아서 내쫓아버리고, 왕에게 부탁해서 고자 하나를 골라달라고 부탁했다.

이에 왕은 전국의 고자들을 모두 집합시켰고, 이런 저런 테스트 끝에 단 한 명의 고자를 골라 여승에게 보냈다. 여승이 지켜보니 일도 잘했고, 남녀 자체를 전혀 분간 못하는 것 같아서 아주 만족스러웠다.

하루는 여승이 냇가에서 목욕을 하고 있는데, 누군가 자기를 훔쳐보는 느낌이 들었다. 돌아보니 그 머슴이 멍하니 쳐다보고 있는 게 아닌가.

여승이 급히 몸을 가리며 물었다.

"너는 지금 무얼 그렇게 보고 있는 거지?"

머슴이 말했다.

"스님의 몸은 소인과 사뭇 다르게 생겼습니다. 두 다리 사이에 있는 그것은 무엇입니까?"

여승은 하 어이가 없어서 대꾸를 하지 못했다.

제아무리 고자라 할지라도 남녀의 거기가 다르다는 걸 모를 정도로 아둔하리라고는 생각지 못했던 것이다. 이에 여승은 이놈이 앞으로 다른 생각을 못하게 해야겠다고 생각하고 이렇게 말했다.

"이곳은 나쁜 짓을 한 놈들을 잡아 가두는 곳이다."

"그렇습니까?"

머슴 놈은 세상 희한한 이치를 깨달은 듯이 연신 고개를 끄덕이며 돌아갔다.

그러던 어느 날이었다.

여승이 밖을 내다보니 머슴 놈이 아랫도리를 벗은 상태에서 그것 위에 스님의 두건을 올려놓고 오락가락 하면서 어쩔 줄을 몰라 했다.

"너 지금 무얼 하고 있느냐?"

여승의 물음에 머슴이 대답했다.

"스님, 큰일 났습니다. 어떤 놈이 스님의 두건을 훔쳐갔는데, 보이지가 않아요."

"이놈아, 두건은 지금 네 앞에 걸려있지 않느냐?"

그러자 머슴이 비로소 자기 앞을 굽어보더니, "아! 네 놈이었구나!" 하면서 두건을 확 잡아챘다. 그러자 거의 직각으로 선 그놈이 드러나는 게 아닌가!

머슴 놈은 그걸 바라보며 소리쳤다.

"네놈이 스님의 두건을 훔치고도 무사할 줄 알았느냐? 스님! 안되겠습니다. 이놈을 스님의 그 감옥에다 가둬야겠습니다!"

"…?"

여승은 머슴 놈이 일부러 그러는지, 정말 몰라서 그러는지 알 수가 없었다.

하지만 어쩌겠는가, 자기가 한 말이 있지 않은가. 일단 그 놈을 가둬넣기로 했다.

그놈을 한참 혼내준(?) 뒤 머슴 놈이 말했다.

"스님, 이놈이 이젠 잘못했다고 눈물을 뚝뚝 떨구는데. 그만 내보내 주시죠?"

그러자 여승은 이렇게 대꾸하는 것이었다.

"아니다. 그놈이 두 번 다시 나쁜 짓을 하지 못하게 좀 더 가둬 두도록 하자!"

암탉 사정은…

도시생활에 염증을 느낀 두 노처녀가 번 돈을 모아 양계장을 차리기로 했다. 두 여자는 한적한 시골에 계사를 마련하고 나서 시장에 닭을 사러 갔다.

"양계장을 차릴 건데, 암탉 300마리와 수탉 300마리를 주세요."

닭 장수는 그녀들을 이해할 수가 없었다.

하지만 마음씨 착한 그 사람은 여자들이 초보라서 그러려니 하고 솔직하게 말해주었다.

"닭을 처음 치시나 본데, 암탉 300마리야 필요하겠지만 수탉은 두세 마리면 족할 텐데요?"

그러자 노처녀들은 정색하며 동시에 말했다.

"그냥 그렇게 해주세요!"

"?"

"우린 짝 없이 산다는 게 얼마나 슬픈 일인지 잘 알고 있거든요."

호랑이와 처녀 떡장수

산골의 어떤 처녀가 떡장수를 시작했다.

그녀는 자기 집에서 곱게 떡을 만들어 가지고 시장에 나가 팔려고 산을 넘고 있었다.

갑자기 호랑이가 나타나서 말했다.

"떡 하나 주면 안 잡아먹지!"

겁에 질린 처녀가 떡을 하나 주었다.

처녀는 다시 걸어갔다.

얼마쯤 가니까 또다시 호랑이가 나타나서 말했다.

"떡 하나 주면 안 잡아먹지!"

처녀는 겁에 질려 또 떡 하나를 주었다.

떡장수는 다시 걸어갔다.

또다시 호랑이가 나타나서 하는 말.

"떡 하나 주면 안 잡아먹지!"

이런 식으로 몇 번을 되풀이하고 나자 떡장수 처녀는 산을 채 반도 못 넘은 상태에서 떡을 몽땅 호랑이한테 빼앗기고 말았다.

그래서 한숨을 내쉬며 다시 왔던 길을 돌아가려고 하는데, 또다시 호랑이가 나타나 떡을 달래는 것이었다.

그래서 떡이 다 떨어졌다고, 이젠 줄 떡이 없다고 하자 호랑이가 싱끗 웃으며 말했다.

"떡만 먹고 사나?"

다리 좀 벌려

한 할머니가 고추 두 보따리를 들고 버스에 올라탔다.

할머니는 버스 뒷문과 그 뒤 좌석 사이에 있는 공간에 보따리를 밀어 넣으려고 하는데, 때마침 그곳에 한 여학생이 이어폰을 끼고 서 있는 것이었다.

할머니가 그 여학생한테 뭐라고 말해도 여학생이 알아듣지를 못했다.

급기야 할머니가 여학생의 어깨를 치면서 뭐라고 한마디 했는데, 그 순간 여학생 얼굴은 벌겋게 변해버렸고, 차안에선 난리가 났다.

할머니가 뭐라고 했을까?

"학생~! 고추 넣게 다리 좀 벌려봐."

금브래지어 은브래지어

옛날에 가난하지만 정직한 한 처녀가 있었다.

어느 날 그녀는 목욕을 하다가 브라자를 하수구에 빠뜨렸다. 하나뿐인 브라자를 잃어버려 울고 있는데 갑자기 하수구에서 신령이 나타나 물었다.

신령 : 왜 울고 있느냐?

처녀 : 하나뿐인 브래지어를 잃어버려서요….

처녀의 말이 끝나기 무섭게 하수구신령은 금브래지어를 가지고 나타나 물었다.

신령 : 이 금브래지어가 네 것이냐?

처녀 : 아닙니다.

신령 : 그럼 이 은브래지어가 네 것이냐?

처녀 : 아닙니다.

신령 : 그럼 이 꼬질꼬질한 브래지어가 네 것이냐?

처녀 : 예.

신령 : 내 너의 정직함에 감동하여 이 금브래지어와 은브래지어도 선물로 주겠다.

이렇게 해서 그 처녀는 큰 부자가 되었다.

이 소문을 들은 이웃마을의 아주 악독한 처녀가 착한 처녀처럼 목욕을 하다가 일부로 브래지어를 빠뜨렸다. 이때 하수구 신령이 나타나서 왜 우느냐고 물었고, 악독한 처녀는 브래지어를 빠뜨렸다고 말했다.

신령 : 그래, 이 금브래지어가 네 것이냐?

악독한 처녀 : 예 그것은 제 것입니다.

신령 : 그럼 이 은브래지어도 네 것이야?

악독한 처녀 : 예 그것도 제 것입니다.

신령 : 그럼 이 꼬질꼬질한 브래지어는?

악독한 처녀 : 그것도 제 것입니다.

신령 : 허허, 참 이상하구나?

악독한 처녀 : 뭐가요?

신령 : 그럼 네년은 젖가슴이 6개나 된단 말이냐?

7 Up

옛날에 백설 공주와 일곱 난장이가 살았는데, 하루는 백설 공주가 목욕을 하려고 일곱 난장이에게 물을 받아놓으라고 시켰다.

이에 일곱 난장이는 백설 공주가 목욕하는 것을 보기 위해 일곱 명이 목마를 타서 몰래 창문 너머로 훔쳐보기로 했다. 맨 윗사람이 목욕하는 장면을 보고 밑으로 전달하는 방식으로 말이다.

드디어 가장 떨리는 순간… 백설 공주가 옷을 벗었다. 맨 위에 있던 난장이가 "벗었다"라고 밑으로 외쳤다. 그래서 "벗었다", "벗었다" 하고 여섯 명에게 전달되었다.

백설 공주가 이번에는 탕 속으로 들어갔다. 그 모습을 보고 "들어갔다", "들어갔다" 하고 밑의 6명에게 전달했다.

다음으로 탕에서 몸을 씻는 모습을 보고는 "씻는다", "씻는다" 하고 밑으로 전달했다.

그 다음에는 탕에서 나오려고 일어서는 모습을 보고 "섰다", "섰다" 하고 외치니까 밑의 6명이 일제히 외쳤다.

"나두!"
"나두!"
"나두!"
"나두!"
"나두!"
"나두!"

세계 명인(名人)열전

러시아의 악랄한 조종사 이름?

– 카르기 쏘아노프

중국의 흉악한 살인범 이름?

– 주거싸

일본이 초라한 사기꾼 이름은?

– 구라마라 사기야

독일의 기민한 첩보원 이름은?

– 게슈타포 기밀캐리

영국의 훌륭한 소방관 이름은?

– 점프인어 파이어

미국의 왕성한 정력가 이름은?

– 조지 베스트

일본의 째째한 구두쇠 이름은?

– 겐자히 아끼네

인도의 엉성한 점쟁이 이름은?

– 알간디 모르간디

호주의 광활한 목장주 이름은?

– 돈 카우머니

프랑스의 비대한 거인 이름은?

– 장 롱 바크샤

체코의 음란한 소설가 이름은?

– 채글보니 저소케

이탈리아의 왜소한 갈비씨 이름은?

– 말라께니아

버마의 진정한 영웅 이름은?

– 아 웅 산 투리

스페인의 영원한 집시 여인의 이름은?

– 카르멘

콩고의 지독한 검둥이 이름은?

– 블랙앤드 거머타

일본의 간사한 요리사 이름은?

– 요리조리 마니하네

미국의 거대한 금광주 이름은?

– 골드 다이아몬드

필리핀의 이상한 화가 이름은?

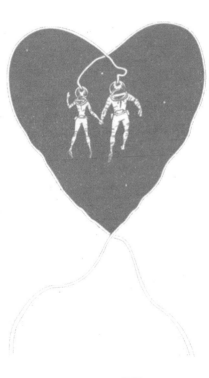

– 아무거나 막그려

영국의 섹시한 여배우 이름은?

– 슈미즈 막버슨

소련의 막심한 불효자 이름은?

– 에미치네 호로시키

프랑스의 막심한 불효자 이름은?

– 에밀 졸라

사우디의 솔직한 교육자 이름은?

– 모하나도 알라

오스트리아의 유능한 음악가 이름은?

– 바이올린 비올라

프랑스의 한심한 애주가 이름은?

– 꽁드레 망드레

아버지는 어디에?

농장에서 일하는 한 젊은이가 실수로 옥수수를 잔뜩 실은 마차를 길에 쓰러뜨렸다. 때마침 근처에 사는 농부가 살펴보러 나왔다가 그 모습을 발견하고 큰소리로 말했다.

"여보게 젊은이! 그런 건 잠깐 잊어버리고 들어와서 우리 저녁이나 함께 하세나! 저녁 먹고 나서 함께 마차를 세우세. 내가 거들어 줄 테니!"

청년이 말했다.

"고맙습니다 만, 아버지께서 제가 그렇게 하길 원치 않으실 겁니다!"

"허, 그러지 말고 들어오라니까!"

농부는 끈질기게 권했다.

"그럼 좋습니다! 하지만 아버지가 좋아하지 않으실 텐데요…!"

젊은이는 마지못해 응낙했다.

젊은이는 저녁을 푸짐하게 한상 잘 얻어먹고 나서 주인 농부에게 고맙다고 인사했다.

"제 기분이 한결 좋아졌습니다. 하지만 아버지는 노발대발 하실 거예요!"

"무슨 그런 소릴! 바보 같은 소리 좀 하지 말게나."

농부가 핀잔을 주었다.

"그런데 자네 부친은 지금 어디계신가?"

청년이 말했다.

"마차 밑에 계십니다!"

거지와 정치인의 공통점

주로 입으로 먹고 산다.

거짓말을 밥 먹듯 한다.

정년퇴직이 없다.

출퇴근 시간이 일정치 않다.

항상 사람이 많이 모이는 곳에는 나타나는 습성이 있다.

지역구 관리 하나는 똑 소리 나게 잘한다.

되기는 어렵지만 되고 나면 쉽게 버리기 싫은 직업이다.

현행법으로 다스릴 재간이 없다.

모유의 장단점

단점 : 니코틴 냄새가 난다.

타액 검출반응에서 각각 다른 타액이 검출된다.

임신했던 여자를 금방 알 수 있다.

감촉이 안 좋다.

장점 : 용기가 간편하다.

항상 보온이 된다.

스페어가 있다.

감촉이 좋다.

왕만두

조선조 세조 때의 일이다.

임금님이 초도순시 차 친히 제주도를 방문하게 되었다.

배에 양식을 가득 싣고 부산포를 출발하여 제주도를 향해 가다가 도중에 그만 풍랑을 만났다. 배는 부서졌지만 다행히도 임금님과 수하 일행은 얼마간의 비상식량과 함께 무인도에 표류하게 되었다.

낫새를 기다려도 구조대는 오지 않았고, 이제 식량이라곤 사과 한 상자밖에 남지가 않았다.

이에 도승지가 "앞으로 얼마를 더 기다려야 할지 모르니 신하들은 하루에 사과를 한 개씩, 임금님께는 두개를 드리기로 한다"고 발표했다.

그러자 도승지의 발표에 불만을 품은 덩달대감이 한마디 했다.

"왕만두개주냐?"

죽을 줄 알아

멜라니가 남편 헨리의 사업 동료들을 위해 집에서 중요한 저녁 대접을 하게 되었다.

멜라니는 화장실에다가 손님들이 쓸 수건과 비누를 새로 갖다 놓았다. 그러고는 집의 아이들이 그것을 먼저 쓸까봐 수건과 비누에다가 경고 쪽지를 얹어 놓았다.

– '너희들, 이거 쓰면 죽을 줄 알아!'

파티를 마치고 손님들이 모두 돌아간 후 화장실에 가보니 수건과 비누에는 아무도 손을 대지 않았고, 경고 쪽지도 그대로 있었다.

지하철 2호선

미란은 교대에서 지하철 2호선을 타고 서울대입구를 거쳐 친구와 약속장소인 이대 앞에서 내릴 예정이었다.

교대에서 미란이와 같은 칸에 올라탄 두 아주머니가 있었다.

서울대와 홍대입구를 지나 신촌역에 다다를 즈음 문득 엿듣게 된 두 아주머니의 대화.

아주머니1 : 어휴, 2호선 라인에 서울에 있는 대학이 다 모여 있는 것 같애?

아주머니2 : 그러게 말여! 교대, 서울대, 이대, 홍대, 낙성대….

책방에서

손님 : 열여섯 살짜리 조카딸에게 책을 한권 선물하려구요. 여행에 관한 것이 좋은데 폭력이나 정치, 사회문제나 성에 관한 내용이 담긴 것은 안 됩니다.

점원 : 그렇다면 이게 좋겠군요. 열차시간표 말예요.

양배추

100Kg이 넘는 거대한 체구를 가진 사내가 슈퍼마켓 야채부에 들어와서 점원에게 한 통씩 파는 양배추를 반통만 팔라고 우겨댔다.

점원이 거절하다가 지배인을 찾아가서 말했다.

"있잖아요, 미련한 곰 같은 놈이 양배추 반통을 팔라는 거예요. 지배인님이 그 머저리한테 가서…."

바로 그때 지배인이 겁에 질린 듯 눈을 동그랗게 뜨고 점원 뒤를 보았다. 아니나 다를까. 점원이 돌아보니 그 무섭게 생긴 손님이 바로 뒤에서 자기를 욕하는 소리를 다 듣고 있지 않는가!

점원은 재빨리 지배인을 돌아보며 말을 이었다.

"그런데 이 신사분이 나머지 반통을 사시겠다는군요!"

신부님, 신부님

성당에 새로 신부가 부임해오자 사제관의 가정부는 즉시 손봐야할 여러 가지 문제점에 대해 설명했다.

"신부님, 신부님 사제관의 지붕을 좀 수리해야겠어요. 또 신부님의 수도는 수압이 낮고 신부님의 아궁이는 불이 잘 들지 않아요."

"자 그만해요, 캘리부인."

신부가 나무라듯이 말했다.

"부인은 여기서 일하신 지 10년이 되지만, 난 여기 온지 불과 며칠 밖에 안 됩니다. 그러니 그렇게 말하지 말고 우리 지붕, 우리 수도라고 말하는 게 어떻겠어요?"

그 후 한 달쯤 지나서 신부가 어떤 주교와 몇몇 신부들을 만나 이야기를 나누고 있는데 캘리 부인이 헐레벌떡 사무실로 뛰어 들어왔다.

"신부님, 신부님 큰일 났어요. 우리 방에 생쥐가 한 마리 들어왔는데, 그게 우리 침대 밑으로 들어갔습니다."

백작부인과 암퇘지

영국 재판소에 어떤 백작부인이 자기를 '암퇘지'라고 부른 상인을 고소했다.

판사가 그 상인에게 유죄판결을 내리자 상인이 항의했다.

"아니, 그러면 백작부인을 돼지라고 부를 수 없단 말입니까?"

"그렇소!"

판사가 대답하자 상인이 다시 물었다.

"그럼 한 가지 여쭤보겠는데요, 돼지를 백작부인이라고 부를 수는 없습니까?"

판사가 말했다.

"물론 그렇게 부르는 것은 피고의 자유에 해당하오."

그러자 그 상인은 백작부인에게 몸을 돌리더니 이렇게 한마디 했다.

"안녕하시오? 백작부인."

코끼리의 질문

코끼리가 발가벗은 남자의 아랫도리를 살펴보며 묻는 말.
– 넌 그렇게 작은 구멍으로 어떻게 숨을 쉬니?

옥상 탈출

정신병원에 입원 중이던 환자 두 사람이 탈출을 모의했다.

몰래 옥상으로 올라가 끈을 길게 엮은 다음 한명이 잡고 있고 다른 한 명이 먼저 내려가기로 했다.

두 사람은 허리벨트와 빨래줄, 바지 등등을 엮어서 밑으로 길게 늘어뜨렸다. 그런 다음 한 명이 먼저 내려갔다.

그런데 한참을 내려가던 그 환자가 낑낑대며 다시 올라오더니 말했다.

"끈이 짧아서 안 되겠어."

그들은 하는 수 없이 팬티와 러닝셔츠까지 모두 엮어서 다시 끈을 내렸다. 그리고 요번엔 되겠다 하고 한 환자가 먼저 내려갔다.

그러나 한참 만에 그 환자가 다시 낑낑대며 올라와서 말했다.

"안 되겠어. 끈이 너무 길어…!"

주장

　인간의 남성은 여성을 때리고 학대하는 유일한 동물이다. 따라서 인간의 남성은 수컷 가운데 가장 야만적인 수컷이라고 말해야만 한다. 다만 인간의 여성이 암컷가운데서 가장 역겨운 존재가 아니라면 말이다.

주민여러분

어느 겨울, 충청도 어느 산골에 눈이 30cm나 왔다.
마을 이장이 마이크를 잡고 말했다.
"주민여러분, 눈이 좆나게 왔어유~~!"
그 다음날은 눈이 50cm나 쌓였다.
이장이 또 마이크를 잡고 말했다.
"주민여러분, 어제 눈은 좆도 아니었유~~!"
그 다음날 일어나 보니 눈이 더 많이 내렸다.
다시 이장이 하는 말.
"주민여러분, 우리는 이제 좆됐시유~~!"

스님, 왜 그러세요

덕망과 수행이 높은 것으로 소문이 자자한 스님이 어느 날 시장거리에서 아는 신도를 만났다.

"스님께서 직접 장보러 나오셨습니까?"

"그렇네."

그런데 신도의 눈에 스님의 가사 속에 삐죽이 나온 술병 꼭지가 보였다.

"스님, 그거 술병 아닙니까. 술 드세요?"

"아닐세, 집에 고기가 몇 점 있어서 곁들이려고…."

"아니, 고기도 드십니까?"

"아닐세. 모처럼 장인어른이 오셨기에 대접하려고…."

"장인어른요? 전 한 번도 못 뵈었는데?"

스님이 말했다.

"그럴 걸세, 평소엔 절대 오지 말라고 해두었거든. 하필 오늘은 내 마누라와 소실이 쌈질을 해대는 통에 와서 좀 말려달라고 불렀다네…."

남자를 불에 비유하면

10대 : 부싯돌(불꽃만 일어난다).

20대 : 성냥불(확 붙었다가 금세 꺼진다).

30대 : 장작불(강한 화력에다 새벽까지 활활 타오른다).

40대 : 연탄불(겉으로 보면 그저 그래도 은은한 화력을 자랑한다).

50대 : 화롯불(꺼졌나 하고 자세히 뒤져보면 아직 살아 있다).

60대 : 담뱃불(힘껏 빨아야 불이 붙는다).

70대 : 반딧불(불도 아닌 게 불인 척한다).

80대 : 도깨비불(불이라고 우기지만 본 놈이 없다).

여자를 과일에 비유하면?

10대 : 포도(보면 따먹고 싶고 따먹고 보면 별 볼일 없는 것).

20대 : 밤(까서 먹어도 되고 삶아 먹어도 되는 것).

30대 : 수박(칼만 갖다 대면 쩍하고 갈라진다).

40대 : 석류(가만히 있어도 알아서 벌어진다).

50대 : 홍시(빨리 따먹지 않으면 썩어서 떨어진다).

60대 : 토마토(과일도 아니면서 과일인척 한다).

젠장

바다를 항해하던 유람선이 난파되어 한 명의 여자와 여섯 명의 남자가 살아남았다. 그들은 천신만고 끝에 간신히 어느 무인도에 도착했고, 그곳에서 그럭저럭 몇 달을 지낼 수 있었다.

그러던 어느 날 멀리 수평선 너머로 뭔가가 나타났고, 여자는 그것이 섬을 벗어날 배인 줄로 알고 잔뜩 기대에 희망에 부풀었다.

그런데 가까이 다가온 것은 배가 아니라 조그만 뗏목이었고, 그 위에는 젊은 사내 하나가 타고 있었다.

여자가 매우 실망하며 중얼거렸다.

"젠장, 이젠 일요일도 없겠군."

일요일도 빼앗기다

여자와 잠자리를 갖고 싶었던 남자가 있었는데, 열심히 일을 해서 여자를 살 돈을 모았다. 하지만 소심한 그는 우리나라의 사창가를 찾기가 너무 창피했다. 그래서 그 돈을 가지고 해외로 나갈 생각을 했다.

그런데 부푼 가슴을 안고 환락의 도시 방콕으로 날아가는데, 하필 그 비행기가 추락하고 말했다.

다행히 그는 죽지 않았다. 정신을 차려보니 어느 무인도에 있었고, 6명의 여자가 함께 있어서 외롭지 않았다.

그는 마침내 하느님이 자기 소원을 들어주었구나 기뻐하며 매일매일 여자들을 바꿔가며 잠을 잤다. 여자들에게 일주일에 한 번씩 요일을 정해 주고 날마다 파트너를 바꿔가며 밤을 보냈다.

일요일 하루는 쉬었지만 그는 곧 지쳐버리고 말았다. 너무도 피곤해 죽을 지경이었지만 하루라도 거르면 여자들이 서로 질투하고 다투는 통에 쉴 수도 없었다.

그러던 어느 날 그 무인도 앞에서 배가 난파되어 한 사내가 파도에 쓸려왔다.

남자는 무척 기뻤다.

'격일제로 할까, 아니면 3일씩 뚝 잘라서 할까…?'

남자는 사내를 깨워 자초지종을 설명하고 기쁘게 선택할 것을 요구했다.

그러자 파도에 쓸려온 사내는 이렇게 말했다.

"전… 호몬데요."

고양이와 여자

◆여자와 고양이의 공통점은?

- 세수를 잘한다.

- 배고프면 알아서 차려(?) 먹는다.

- 열 받으면 할퀸다.

- 혼자 두면 사고 친다.

- 버릇을 잘 들여놔야 평생 고생하지 않는다.

◆여자가 고양이보다 편리한 점

- 밥을 할 줄 안다.

- 데리고 다닐 때 재채기하는 사람은 없다.

– 쥐 잡아먹고 뽀뽀하러 오진 않는다.

– 같이 있는 한 온 동네 남자들이 문 앞에 와서 아우성치진 않는다.

– 나 닮은 애를 낳을 수 있다.

◆그럼에도 불구하고 여자보다 고양이가 좋은 이유

– 목만 쓰다듬어 줘도 행복해 한다.

– 쥐를 봐도 소리 지르지 않는다.

– 괭이 부모형제들(처가 식구)에게 맞을 일이 없다.

– 자기 밥벌이는 한다.

– 무슨 짓을 하던 꼬리만 안 밟으면 할퀴진 않는다.

여자가 싫어하는 남자

4위 영구 ――― 영원한 9센티.

3위 용팔이 ――― 용써서 8센티.

2위 땡칠이 ――― 땡겨서 7센티.

1위 둘리 ――― 둘레가 2센티.

선녀가 나무꾼과 어울리는 이유

– 글공부하는 선비보다 기운이 좋다.

– 선비와 선녀는 동성동본이라 안 된다.

– 달밤에 산에서 어슬렁거릴 사람은 나무꾼밖에 없다.

– 선비는 주로 이성에 호소하지만, 나무꾼은 감성에 호소한다.

– 나무꾼은 인간성이 좋다. 즉, 선비는 주로 옷을 벗기려 하지만 나무꾼은 옷을 감춘다.

– 선비는 안 보는 척 보지만 나무꾼은 숨어서 그냥 보이는 대로 본다.

– 선비는 선녀와 살다가 싫증나면 자진해서 날개옷을 내어주지만, 나무꾼은 싫증 느낄 새가 없다.

– 선녀는 한가할 때 글이나 읽는 선비를 싫어한다. "그럴 시간 있음 나나 안아줘!"

원초적 소원

아리따운 한 선녀가 폭포수 밑에서 목욕을 하고 있었다. 나무꾼이 꽃사슴한테서 이야기를 전해 듣고 선녀의 옷을 훔치러 폭포로 갔다.

그랬더니 정말 눈앞에 선녀가 목욕을 하고 있었고, 나무꾼은 얼른 그녀의 옷을 훔쳤다. 그러자 선녀가 상황을 눈치 채고 얼른 물 밖으로 뛰쳐나왔다.

아무 가릴 것이 없었던 선녀는 오른손으로 윗부분을, 왼손으로 아랫부분을 가린 채 나무꾼에게 다가갔다. 그리고 옷을 돌려달라고 애원했다.

"제발 제 옷을 돌려주세요."

그러나 선선히 물러날 나무꾼이 아니었다.

"나와 결혼해주면 이 옷을 돌려주겠소."

하지만 선녀는 하늘나라에 속한 몸이라 인간과 결혼할 수 없고, 그 대신 세 가지 소원을 들어주겠다고 말했다.

그러자 이 음흉한 나무꾼이 세 가지 소원을 말했는데….

첫 번째 소원 "오른손 때."

두 번째 소원 "왼손 때."

세 번째 소원 "다리 벌려…."

처음이야

한 아가씨가 진찰을 받으러 병원에 왔다.

잘생긴 의사가 그 환자에게 말했다.

"먼저 옷을 벗으세요."

그러자 그 환자의 얼굴이 붉게 달아올랐다.

그런 그녀를 보고 의사가 부드러운 목소리로 물었다.

"전에 한 번도 검사를 받아본 적이 없나보죠?"

"아뇨, 있었어요."

그녀가 속삭였다.

"하지만 의사는 이번이 처음이에요."

판 엎지 마

세쌍둥이를 임신한 여자가 있었다.

뱃속의 세쌍둥이들은 틈만 나면 고스톱을 치며 놀았다. 그런데 그 중 한 녀석은 가끔씩 고스톱 판을 뒤엎는 것이었다. 그러면 나머지 두 녀석은 영문도 모르고 물벼락을 맞았다.

참다못한 나머지 두 쌍둥이가 화를 냈다.

"너 왜 자꾸 판을 뒤엎고 물벼락을 씌워?"

그러자 그 녀석 하는 말,

"그게 아니라, 아빠가 들어오신 거야!"

나 안 해

한 노인이 또 자식을 갖겠다는 일념으로 병원을 찾았다. 그러나 나이 때문에 인공 수정을 해야만 아이를 가질 수 있었다.

간호사가 병 하나를 쥐어주면서 말했다.

"이 병에 그걸 담아 오세요."

그런데 노인이 한참이 지나도록 화장실에서 돌아오지 않는 것이었다.

간호사가 화장실로 갔다.

"아직 멀었어요?"

"히유~ 오른 팔에 힘이 다 빠졌어. 조금만 기다려 봐!"

잠시 후 할아버지의 비명소리가 들려왔다.

"윽~! 이번엔 왼팔에 쥐났다!! 안 되겠어. 변기에 대고 두들겨야지!"

간호사가 놀라서 말했다.

"조심하세요!"

할아버지가 말했다.

"포기했어. 간호사 아가씨가 좀 해줘. 들어와 봐."

간호사가 기겁하며 소리쳤다.

"안 돼요!"

할아버지가 애원하듯 말했다.

"제발 한번만 비틀어줘~!"

"글쎄, 안 된다니까요! 안 돼요!"

간호사가 단호하게 말하자 할아버지가 빽 소리쳤다.

"그럼 나 안 해! 열리지도 않는 병이나 주고 말이야…"

아버지와 아들

아버지가 유치원생 아들과 함께 목욕탕에 갔다.

열탕 속에 들어간 아버지가 시원하다고 하면서 아들에게 말했다.

"너도 들어오너라."

아들은 시키는 대로 열탕 속에 풍덩 들어갔다.

순간 어찌나 뜨겁던지 얼른 뛰쳐나오면서 소리쳤다.

"세상에! 믿을 놈 하나 없어!"

그 말을 들은 아버지가 화가 나서 아들을 두들겨 팼다. 아들이 앙앙거리면서 말했다.

"그래, 때려 죽여라! 니 새끼 죽지 내 새끼 죽냐?"

목욕을 마치고 빵집에 들어갔는데 아버지는 5개, 아들은 3개의 빵을 먹었다.

아버지가 물었다.

"배부르지?"

아들이 대꾸했다.

"3개 먹은 놈이 배부르면 5개 먹은 놈은 배 터지겠다!"

아들은 또 한 번 얻어 터졌다.

집에 돌아와 아버지가 낮에 있었던 일을 어머니에게 일러바치자 아들이 중얼거렸다.

"원 세상에, 마누라 없는 놈 서러워서 살겠나!"

사실은…

밤마다 몰래 여탕 훔쳐보는 변태…
──────〉 선녀와 나무꾼.
그와 제비의 만남…
──────〉 흥부와 놀부.
C양, B씨와의 부적절한 관계…
──────〉 춘향전.
그의 우렁찬 한마디에 확 벌려진 그곳…
──────〉 모세의 기적.
그의 길어지는 그곳의 비밀…
──────〉 피노키오.
벌거벗고 길을 방황한 한 남자 이야기…
──────〉 벌거벗은 임금님.
그들만의 레이스, 누가 더 빨리 지칠 것인가…
──────〉 토끼와 거북이.
A군, 고비 때마다 부드럽게 애무하는데…
──────〉 알라딘.

대단한 할아버지

한 노인이 성당의 고해성사 실을 찾아왔다.

신부가 물었다.

"할아버님, 무슨 일로 오셨나요?"

"신부님, 저는 올해 73세인데 50년 동안 무난한 결혼생활을 유지해왔지요."

"호, 거 참 대단하시군요."

"그 동안 다른 여자한테 눈길 한번 줘본 일이 없는데, 두 달 전에 29세 아가씨를 만나 처음으로 외도를 하고 말았습니다."

"두 달 전이라고 하셨나요? 그럼 그 동안 성당에 한 번도 안 나오셨습니까?"

"성당엔 오늘 평생 처음 오는 거예요. 저는 원래 불교신자거든요."

"그럼 지금 왜 저한테 고백을 하고 계신가요?"

할아버지가 말했다.

"그동안 동네사람들에게 모두 다 자랑했는데, 신부님한테만 못 했거든요."

할아버지와 건전지

어느 산골마을에 올해 다섯 살 된 용식과 함께 사는 노부부가 있었다.
장날이 되어 장터에 나가는 할아버지에게 할머니가 말했다.

"벽시계에 넣게 건전지나 하나 사오슈."

"얼마만한 거?"

"쪼매한 거요."

할아버지는 대뜸 장난기가 발동했다.

"누구 거만하노? 내 거가, 영구 거가?"

금세 이 말을 알아들은 할머니가 맞받아쳤다.

"영감 걸로 사와요."

그런데 문 밖을 나서던 할아버지가 다시 돌아와 물었다.

"근데 섰을 때만 한 거? 아님 죽었을 때만 한 거?"

할머니는 짜증이 났다.

"아무거나 사와요. 섰을 때나 죽었을 때나 똑같으면서 뭘…"

장터에 나간 할아버지는 이런저런 구경도 하고 술도 한잔 걸치다가
그만 건전지 사가는 것을 깜빡 잊고 말았다.

할머니의 잔소리를 어떻게 피할지 궁리하던 할아버지는 '옳지!' 하고
집으로 돌아왔다.

"영감, 건전지 사왔수?"

"몬 사왔다. 건전지 파는 가게 아가씨가 내 거 만한 거 달랬더니 봐야
준다 카더라. 그래서 안 보여주고 그냥 왔다. 나 잘했제?"

179

그날은 그런 식으로 넘어갔다. 하지만 할아버지는 그 다음 번 장날에도 깜빡하고 건전지 사는 걸 잊어먹었다.

"건전지 사왔수?"

"몬 사왔다."

"와요?"

"꼬부라진 건전지는 없다 카드라."

키스 후 절대 금지

키스 후에는 다음과 같은 말은 절대 하지 말라.

▲미안해

― 도대체 뭐가 미안하다는 건가? 양치질 안한 냄새나는 입으로 키스를 해서? 이런 말은 여자를 매우 짜증나게 만든다.

▲처음이었지?

― 처음이 아니면, 죽이기라도 하겠단 건가? 키스를 수백 번도 더한 여자라면 그 말 듣고 얼마나 당황하고 죄책감에 시달리겠는가! 스무 살 나이도 아닐 테고, 키스도 안 해 본 이성을 만난다는 게 가당키나 하겠는가?

▲나 잘하지?

― '참 잘했어요', '잘했어요', '보통이에요', '노력이 필요해요' 뭐 이런 식으로 채점이라도 해달란 말인가? 이미 부끄러워져 있는 여자를

두 번 부끄럽게 하지 말라.

▲당신, 잘 하는데….

– 여자를 무슨 연애 걸로 만들 일 있나? 그 말은 뭔가? 키스를 많이 해봤다는 말이 아닌가? 여자는 이런 식으로 받아들인다. '키스 잘하는 걸 보니, 졸라 많이 해봤나 보다. 기분이 찝찝하군.' 절대 해서는 안 될 말이다.

▲침묵

– 키스 후의 어색한 분위기를 그대로 내팽겨 둔 채 침묵을 지킨다면 한없이 어색할 것이다. 좋았는지, 나빴는지 말을 해줘야 한다. 긍정적인 의미의 대사를 전달하는 것이 서로를 편하게 만든다.

신청자들

3명의 남자가 성당을 찾아와서 신부가 되고 싶다고 말했다. 그들은 모두 독실한 사람으로 보였지만, 성당의 노신부는 그들을 테스트하기로 했다.

신부는 그들 세 사람에게 옷을 벗으라고 한 다음 그들 각자에게 종 한 개씩과 약간의 끈을 주었다. 그리고는 그 종을 각자의 페니스에 매달도록 했다. 세 남자는 즉시 시키는 대로 했다.

이윽고 신부가 손뼉을 치자 한 여자가 스트링 비키니차림으로 걸어 들어왔다. 바로 그때 세 번째 남자의 종이 딸랑거렸다. 신부가 그 세 번째 남자에게 말했다.

"자네한테 사제직은 맞지 않는 것 같구만."

그 남자가 노신부에게 부탁했다.

"저한테 한 번 더 기회를 주십시오."

남자의 간청에 노신부가 동의하고 나서 다시 손뼉을 쳤다. 아까 그 여자가 또다시 방에 들어왔는데, 이번에는 완전한 나체가 되어 있었고, 이번에도 세 번째 남자의 종이 딸랑거렸다.

노신부가 그에게 다가가 말했다.

"아무래도 자넨 안되겠구만."

남자는 기꺼이 수긍하는 눈치였다.

"어쩔 수 없군요. 알겠습니다."

그가 페니스에 묶은 종을 풀고 벗어놓은 옷가지를 집어 들기 위해 엎드렸다. 바로 그때 여태껏 미동도 없던 나머지 두 사람의 종이 일제히 딸랑거렸다.

두 남자는 동성애자들이어서 여자의 알몸을 보고는 발기하지 않았지만, 남자가 엎드리는 걸 보고는 충동을 느꼈던 것이다.

제 3 장

내가 야한 얘기 하나 해줄까?

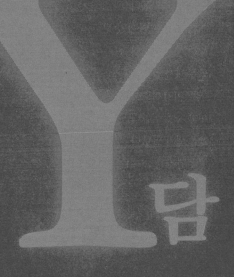

앵무새

사창가에서 늙은 포주가 기르던 앵무새가 있었다.

그런데 갑자기 포주가 죽어버리는 바람에 앵무새는 시장으로 나왔고, 한 소년이 그 앵무새를 사갖고 집으로 왔다.

집에 들어서자마자 앵무새가 말했다.

"엉? 집이 바뀌었네!"

조금 있다가 엄마가 들어왔다.

앵무새가 말했다.

"엉? 마담도 바뀌었네!"

누나가 들어왔다.

앵무새가 말했다.

"엉? 아가씨도 바뀌었잖아!"

아빠가 들어왔다.

앵무새가 말했다.

"음! 단골은 그대로야…"

폭탄아 터져라

남자 3명이 나이트에서 술을 마시다가 여자 3명과 부킹을 하게 됐는데, 2명은 엄청난 미인이고 1명은 엄청난 폭탄이었다.

짝을 정하고 나자 남자A는 폭탄녀와 짝이 됐는데, A는 친구들 다 술 먹고 춤출 때 술 먹고 여자보고 한숨 쉬고 술 먹고 여자보고 한숨 쉬고를 반복했다. 그리고 눈을 떴는데 여관방이었고, 옆에는 함께 술 마신 친구들이 널브러져 있었다. 옆에 친구를 깨워서 막 물어 보았다.

"야… 나 어제 실수하지 않았냐?"

그 친구가 말했다.

"너 그 여자 책임져야 해. 어제 모든 사람들이 다 엄청 충격 먹었어."

그 말을 들은 남자는 가슴이 철렁 내려앉았다.

'맙소사! 내가 일 저질렀구나!'

그때 친구 하나가 부스스 일어나더니 말해주었다.

"너 어제 그 여자 머리를 손으로 뱅뱅 꼬면서…"

"꼬면서…?"

"술에 취해 풀린 눈으로…"

"눈으로…?"

"주머니에서…"

"주머니에서…"

"라이터를 꺼내서 불을 켜고 머리에 불을 붙이더니 폭탄아 터져라, 폭탄아 터져라, 꽝! 꽝…!"

바이브레이터

어떤 노처녀는 대단한 독신주의자였다. 그녀에게 남자란 귀찮고 이기적인 동물에 불과했다. 그녀에게는 단지 성적 충동을 해결해줄 '바이브레이터' 하나만 있으면 그만이었다.

그녀의 아버지가 설득에 나섰다.

딸이 결혼하여 외손자를 안아보는 게 소원이었지만 그녀는 도무지 막무가내였다.

"전 결혼할 생각이 없어요. 학벌도 좋고, 직장도 있어서 경제적으로 독립한 상태예요. 더 이상 뭘 바라겠어요?"

딸은 그렇게 쏘아붙이고 문을 꽝 닫고 나가버렸다.

그날 밤, 그녀는 거실 소파에서 자신의 '바이브레이터'를 한 손에 들고 술을 마시는 아버지를 발견했다.

"아, 아버지, 대체 지금 무얼 하시는 거예요?"

그러자 그녀의 아버지는 이렇게 되받아쳤다.

"내 사위랑 술 한 잔하고 있다! 왜?"

화상과 비아그라

한 남자가 해변에서 몇 시간 동안 잠들었다가 심각한 화상을 입었다.

그는 병원에서 2도 화상 진단을 받았다.

피부에 물집이 잡히고 심한 고통을 느끼는 그에게 의사는 식염수와 전해질 등이 포함된 정맥주사를 놓고 4시간마다 한 번씩 비아그라를 먹도록 처방했다.

그러자 간호사가 놀라서 물었다.

"비아그라가 그에게 효과가 있을까요?"

의사가 말했다.

"그걸 먹어야 환자복이 다리에 들러붙지 않지!"

절정의 순간

1. 인내의 절정
- 바나나나무 아래 훌렁 벗고 누운 여자의 무릎과 무릎사이.

2. 고통의 절정
- 자신의 거시기를 잡고 구르는 권투선수.

3. 게으름의 절정
- 아내의 배 위에 누워 지진을 기다리는 남자의 마음.

4. 대결의 절정
- 폭포 아래에서 쉬 하는 남자의 오줌발.

5. 속물의 절정
- 빨대로 젖을 물리는 교양 넘치는 모정.

6. 황당함의 절정
- 볼일 잘 보고 손가락이 화장지를 뚫고 지나갈 때.

7. 과학기술의 절정
- 지퍼 달린 콘돔.

8. 난처함의 절정
- 똥꼬가 가려운 외팔이 암벽 등반가.

정자특공대

정자특공대는 전의를 불태웠다.

특공대 대장이 정자들을 모아놓고 외쳤다.

"우리는 반드시 승리할 것이다. 기어코 여성의 몸에 침투해 힘차게 깃발을 꽂을 것이다!"

정자들의 사기가 한껏 고양되어 있는데, 이때 대뇌에서 긴급 전문이 날아들었다.

긴급보고! 주인이 흥분상태에 빠져 들었음.

곧 폭발할 것으로 보임.

현재 시간 콘돔을 사용하지 않았음.

최상의 기회로 사료됨. 이상!

전문을 받아 든 대장의 두 손이 파르르 떨렸다. 마침내 기회가 온 것이다.

특공대 대장이 꼬리를 하늘 높이 세우며 외쳤다.

"얘들아 기회는 지금이다. 나를 따르라!"

"와…!"

"와…!"

"와…!"

정자들은 질풍같이 달렸다.

첩보원의 보고는 정확했다.

곧 폭발했으며 정자들의 영원한 적인 콘돔도 보이지 않았다.

그들은 아무런 제지도 받지 않고 여성의 몸속으로 무혈입성 했다.

대장 정자는 기쁨에 젖어 사방을 둘러보았다.

깜깜한 동굴 속이 이내 눈에 익었다.

한순간 대장 정자의 안색이 창백하게 변하더니 외마디 비명이 터져 나왔다.

"앗, 속았다! 목구멍이닷!"

유일한 신하

옛날 어느 왕국에 색을 무척 밝히는 왕비가 있었다. 그 정도가 어찌나 심한지 궁 안의 신하들은 한 명도 빼놓지 않고 건드릴 정도였다.

그러던 어느 날 왕이 먼 지방으로 출정을 가게 되었다.

왕은 왕비의 색욕이 적잖이 걱정되었다. 그래서 왕비의 가운데에다

침입하면 잘리게 하는 특수 장치를 장착해놓고 궁을 떠났다. 그리고 한 달 뒤 여행지에서 돌아와서는 신하들의 물건부터 살펴보았다.

아니나 다를까. 신하들의 물건은 죄다 잘려 있었고, 유독 한 명의 신하만 물건을 고이 간직하고 있었다.

왕이 그를 기특히 여기며 말했다.

"너만은 왕비의 유혹을 물리쳤구나. 내 너에게 큰 벼슬을 내릴 것이다!"

이에 그 신하가 머리를 조아리며 하는 말.

"갸ㅁ샤 햐ㅁ니댜…!"

청바지와 실밥

어느 뚱뚱한 여대생이 청바지를 사러 옷가게에 갔다.

"저기 청바지 하나 주세요. 사이즈는 29요. 이거 입어 봐도 되죠?"

가게 점원이 말했다.

"예, 그런데 너무 작은 사이즈를 선택하시는 거 아니세요? 들어가지도 않을 것 같은데…?"

"아니에요!"

뚱뚱한 여대생은 자존심이 상해서 얼른 옷을 들고 탈의실로 들어갔다.

그런데 이게 웬일인가? 바지가 허벅지까지 밖에 안 올라오는 것이었다. 여대생은 할 수 없이 30사이즈를 달라고 해서 탈의실로 들어갔다.

여대생은 입고 있던 속옷까지 벗어 버리고 기어코 청바지를 입긴 입었다. 뒤뚱거리며 나온 그녀를 이리저리 살펴보던 점원은 지퍼 부분을 보더니 말했다.

"잠깐만요. 까만 실밥이 삐져나왔네."

그러더니 실밥(?)을 사정없이 잡아당기는 것이었다.

그 여대생은 아파서 비명을 질렀다.

"으악~!"

정말 쪽팔린 상황

창훈은 고속도로를 타고 달리는데 갑자기 배가 아파오기 시작했고, 참기 힘들 정도에 이르렀다. 그래서 앞에 보이는 휴게소로 들어가 무작정 화장실로 뛰어 들어갔다.

다급하게 바지를 내리고 볼일을 보면서 안도의 한숨을 내쉬는데 바로 그때 옆 칸에서 들려오는 느끼한 목소리.

"아, 안녕하세요?"

"...?"

창훈은 적잖이 주춤했다. 화장실에서 일을 보다가 알지도 못하는 사람과 대화를 나눈다는 것 자체가 어색하고 이상했기 때문이다. 그래도 대답을 안 하면 더 이상할 것 같아서 받아주었다.

"네, 안녕하세요."

"지금 뭐 하세요?"

화장실에서 할일이라는 것이 뭐 있겠는가?

"저… 광주에 가려고 하는데요."

그러자 옆 칸의 남자는 씩씩대는 소리와 함께 이렇게 말하는 것이었다.

"미연씨! 제가 조금 있다가 다시 전화드릴께요. 어떤 녀석이 옆에서 제가 미연 씨한테 물어보는 말들을 다 대답하고 있어요."

커지는 월급

저녁 퇴근길, 만원인 지하철 안.

아까부터 자꾸 남자의 그것으로 미순의 엉덩이를 쿡쿡 치는 치한이 있었다.

참다못한 미순이 치한을 돌아보며 경고했다.

"야! 어디다 뭘 갖다 대는 거야!"

그러자 남자가 오히려 큰 소리로 대꾸했다.

"무슨 소릴 하는 거야? 내 주머니 속 월급봉투가 좀 닿았을 뿐인데…!"

미순이 빽 소리쳤다.

"야, 인마! 똑바로 대답해. 너 무슨 직장 다녀?"

"?"

"무슨 직장을 다니기에 잠깐 사이에 월급이 세 배나 커지냐고?"

로맨틱한 정경

여학교의 작문시간에 로맨틱한 배경을 묘사하는 글을 써보라는 과제가 내려졌다.

발표시간이 되어 학생들이 나와서 자기들이 쓴 문장을 소리 높여 낭독하는데, 장작이 타면서 불꽃이 튀는 소리, 은은히 비추는 등불, 조용한 음악 등 흔히 상상되는 표현들이 많았다.

그런데 딱 한 명, 아주 이례적인 정경을 묘사한 여학생이 있었는데, 그 여학생의 글은 이렇게 시작되었다.

"집안이 조용하다. 아이들은 다 나가고 없다…."

X 빠는 새끼

40층 빌딩 공사현장에서 일하던 한 남자는 갑자기 화장실이 급했다. 그래서 현장 주임을 찾아가 말했다.

"아래로 내려가 화장실을 써야겠습니다."

그 말을 들은 현장 주임이 빽 소리쳤다.

"너 미쳤냐? 아래층에 내려갔다가 올라오면 반시간을 까먹는데!"

현장 주임은 건물 가장자리에서 두꺼운 널빤지를 밖으로 뺀 다음 한쪽 끝을 자신이 밟고 남자한테 다른 한쪽을 가리키면서 말했다.

"저쪽 끝으로 가서 볼일을 보라고. 여긴 40층이나 되기 때문에 오줌을 눠도 땅이 떨어지기 전에 모두 흩날려 없어질 거야."

남자는 어쩔 수 없이 그가 시키는 대로 하기로 했다.

그런데 갑자기 현장 주임의 휴대폰이 울렸고, 그가 전화를 받기 위해 밟고 있던 널빤지를 벗어나는 바람에 오줌을 누던 남자는 추락하여 죽어버렸다!

갑작스런 추락 사고에 경찰이 출동했고, 검시관은 37층에서 일하던 전기기술자에게 물었다.

"무슨 일이 있었는지 당시 상황에 대해 아는 게 있습니까?"

전기기술자가 대답했다.

"확실한 건 아니지만, 아마도 섹스와 관련이 있는 듯하오."

"섹스라… 여긴 공사 현장인데, 왜 하필 섹스와 관련 있다고 생각하시죠?"

전기기술자가 대답했다.

"그 사람이 자기 페니스를 손에 쥐고 떨어지면서 '그 좆 빠는 새끼 어디 갔어!'라고 소리치는 걸 들었거든!"

194

엽기낙엽

낙엽이 떨어지네
그 낙엽을 주어들었네
낙엽이 속삭이네
"내려놔, 인마."

낙엽을 내려놓았네
낙엽이 다시 속삭이네
"쫄았냐? 빙신~!"

황당해서 하늘을 보았네
하늘이 속삭이네
"눈 깔어, 인마~!"

하도 열 받아서 그 낙엽을 발로 차버렸네
낙엽의 처절한 비명과 함께 들려오는 한마디
"저… 그 낙엽 아닌데요…"

미안한 마음에 그 낙엽에게 사과하고
몸을 돌리는 순간 들려오는 한마디
"순진한 넘! 속기는…"

고추 냄새

어느 여학교에 총각 선생님이 새로 부임해왔다.

여학생들은 그 선생님을 골려주려고 몰래 교탁 밑에 고추를 넣어두었다. 그러고는 선생님이 교실로 들어서기가 무섭게 일제히 소리쳤다.

"선생님, 고추 냄새가 나요. 고추 냄새요!"

그 말을 들은 선생님은 얼굴을 붉히며 어쩔 줄 몰라 했는데, 이윽고 한 여학생이 일어나 말했다.

"선생님, 냄새나니까 고추를 꺼내놓으세요."

선생님은 더욱 당혹스러워 하며 우물쭈물했다.

"그, 그걸 어떻게 꺼내나?"

그러자 그 여학생은 오히려 당당한 표정으로 말했다.

"그럼 제가 꺼내놓을까요?"

그 말을 들은 선생님은 기겁을 하며 말을 더듬거렸다.

"아니, 아니다! 그럴 순 없지. 차라리… 내가…!"

그러면서 선생님이 바지 지퍼를 내려야 할지 말아야 할지 주춤거리고 있는데, 그때 반 학생들 모두 이구동성으로 이렇게 외치는 것이었다.

"교탁 밑에 있는 고추 말이에요!"

미디움

어떤 남자가 소개팅을 했는데, 여자가 너무나 마음에 들었다.

웨이터가 식사 주문을 받으러 다가와 물었다.

"뭐로 하시겠습니까?"

여자가 먼저 말했다.

"스테이크요."

남자도 고개를 끄덕였다.

"저도요."

"그럼 어떻게 익혀드릴까요?"

여자가 먼저 대답했다.

"미디움이요."

"저도 같은 걸로요."

웨이터가 돌아가자 남자가 말했다.

"이 집 주방장은 신앙심이 매우 깊은가 보군요. 스테이크를 믿음으로 굽다니…."

주식투자와 섹스의 공통점

♥ 잘 넣고 잘 빼야 한다.
♥ 초보자는 금방 넣었다 금방 뺀다.
♥ 잘만 넣으면 대박 터지고, 잘못 넣으면 사건 터진다.
♥ 한번 넣으면 정신이 없다.
♥ 하다가 폐인 된 사람 여럿 있다.
♥ 초보자에겐 기대감과 설렘이 있다.
♥ 한번 빠져들면 중독될 수도 있다.
♥ 몇 날 며칠 동안 여기에만 매달리는 사람도 있다.

노래와 섹스의 공통점

♥ 기다란 것을 손으로 꽉 잡고 하기도 한다.
♥ 혼자 하면 청승맞다.
♥ 짧게 몇 초에서 몇 십 분까지도 가능하다.
♥ 힙을 좌우로 흔들며 하기도 한다.
♥ 컴퓨터 모니터를 보며 혼자 하기도 한다.
♥ 목욕 중에도 가능하다.
♥ 둘이서 많이 하지만 여럿이 함께 하기도 한다.
♥ 평생 한 번도 안 해본 사람은 거의 없다.

♥ 소리만 크다고 잘하는 건 아니다.

♥ 뱃심이 있어야 잘한다.

♥ 너무 열심히 하다 보면 얼굴이 붉어지면서 땀까지 맺힌다.

♥ 너무 하고 싶은 나머지 혼자 돈을 내고 하기도 한다.

♥ 잘 못하는 사람은 하기를 꺼리기도 한다.

♥ 밤낮을 가리지 않고 할 수 있다.

다섯 채의 집

어느 못생긴 여자가 춤바람이 났다.

그날도 만사를 제쳐놓고 카바레에 들어가 진을 치고 있는데, 영 접근해오는 제비가 없었다. 그녀가 너무나도 못생겼기 때문에!

하는 수 없이 그녀가 먼저 제비를 골라 접근하면서 끈끈한 목소리로 수작을 부렸다.

"다섯 채나 되는 집이 요즘엔 영 팔리지가 않아서 말이야…."

"…!"

그녀의 말에 혹한 제비는 그날 밤 온몸을 바쳐 그녀에게 최상의 서비스를 제공했다.

이튿날 아침, 제비가 그 여자에게 말했다.

"집이 다섯 채나 된다면서요. 구경이나 한번 시켜주세요."

그러자 여자는 이렇게 둘러댔다.

"어머, 자기! 어젯밤에 다 봤잖아!"

"무슨 말씀이세요?"

황당한 표정을 짓는 제비는 아랑곳하지 않고 못생긴 여자는 별안간 윗도리를 훌렁 벗고 가슴을 만지면서 말했다.

"우방주택 두 채!"

그 다음으로 밑으로 내려가서는,

"전원주택 한 채!"

몸을 돌려 엉덩이를 내보이면서,

"쌍둥이 빌딩 두 채!"

여관방의 남녀

다급한 표정으로 여관에 뛰어든 남녀가 조용한 방을 내달라고 했고, 종업원은 군말 없이 구석방을 내주었다.

잠시 후, 복도를 지나는 종업원의 귀에 들려오는 두 사람의 목소리.

"아악~ 좀더…!"

"가만히 좀 있어봐. 지금 뭔가 터지려고 해."

"그렇게 세게 하면 어떻게 해. 살살 좀 해."

"으윽~!"

"왜 그래?"

"쌌어…!"

"그래?"

"다시, 한 번만 더하자. 응?"

"안 돼. 한 번 쌌으면 끝이지 뭐."

남녀의 대화는 너무나도 노골적이었다.

종업원은 더 이상 참지 못하고 열쇠구멍으로 그 방 안을 들여다보았다.

그런데 방 안의 남녀는 다정히 마주 앉아 고스톱을 치고 있었다.

세균 스토리

어떤 여자의 몸에 세균 세 마리가 살고 있었다. 겨드랑이 세균, 가슴 세균, ×× 세균이었다.

어느 날 이들이 모여 불만을 토로했다.

먼저 겨드랑이 세균이 말했다.

"난 땀내 땜에 못 살겠어!"

이에 질세라 가슴 세균도 말했다.

"난 젖비린내 때문에 죽겠다고!"

이때 잠자코 듣고만 있던 ×× 세균이 이렇게 말했다.

"그래도 너흰 복 받은 거야."

"넌 어떤 데?"

×× 세균 왈.

"기가 막혀서 원… 매일 밤 어떤 대머리가 들이닥쳐서 침을 뱉고 간
단 말이야!"

알게 해줄게

A : 이런 얘기 알아?
B : 무슨 얘기?
A : 어떤 남자가 여자를 모텔에 데려가려고 했데. 그랬더니 여자가
'난 잘 알지도 못하는 사람하고 그런데 갈 수 없어요.' 했대.
B : 그래서?
A : 그러자 그 남자가 하는 말, '거기 가면 나를 잘 알게 될 텐데, 뭘.

축구와 SEX의 공통점

1. 골을 넣는 데 그 목적이 있다.
2. 체력과 기술을 겸비해야 훌륭한 선수다.
3. 직접 하는 것을 좋아하는 사람이 있는가 하면 남이 하는 모습을
보는 것을 더 즐기는 사람도 있다.
4. 필요한 장비를 전문으로 파는 상점이 있다.

5. 해트트릭을 하면 매우 많은 칭찬을 듣는다.

6. 문전처리 미숙과 골 결정력 부족은 심각한 문제다.

7. 홈경기도 있지만 원정경기도 있다.

8. 선수끼리 호흡이 잘 맞아야 한다.

9. 철없는 사람들은 골목에서도 한다.

10. 장비가 그다지 많이 필요하지 않다.

11. 아무 때나 하면 욕먹는다.

12. 미리 작전을 짜두는 치밀한 사람도 있다.

13. 외국과의 경기에 유난히 관심 있는 사람들이 있다.

14. 상대가 없는 사람은 혼자서 놀기도 한다.

15. 아마추어 중엔 주로 벽을 이용하는 사람도 있다.

16. 좋은 경기를 위해 많은 보약을 복용하기도 한다.

짝사랑의 유형

▲낙서형

노트나 교과서에까지 짝사랑하는 상대의 이름을 새까맣게 적어놓는다. 그러다가 상대가 다른 애와 좋아 지내면 그땐 화장실 벽에다 '아무개는 어쩌고저쩌고 한다'는 못된 욕설에 묘한 그림까지 그려놓는다.

▲가수형

좋아하는 상대를 생각하며 시도 때도 없이 노래를 부르고 다닌다.

▲소문형

나는 누구를 좋아한다고 떠들고 다니지만 막상 상대방과 마주쳤을 땐 꿀 먹은 벙어리가 되는 용기가 없는 유형이다.

▲콜롬보형

버스에서 우연히 만난 이성에게 순간적으로 짝사랑에 빠져 형사 콜롬보처럼 미행만 하다가 마는 유형이다.

▲스타형

영화배우, 탤런트, 가수 같은 스타들을 짝사랑하는 유형으로 공부방을 온통 그들의 사진으로 장식하기도 한다.

그 기사가 실린 잡지라면 무조건 사보고 거의 날마다 팬레터를 보내는 극성파까지 있다.

▲햄릿형

'죽느냐, 사느냐' 이런 막다른 고민까지 할 정도로 상대방에게 폭빠진 유형으로 두꺼비(소주)족과 소나무(담배)족으로 나뉜다.

▲광견형

"난 네가 좋아하는 일이라면 뭐든지 할 수 있다"며 짝사랑의 대상이 말을 안 들으면 어떤 끔찍한 사건도 저지를 수 있는 위험한 유형이다.

▲카멜레온형

짝사랑의 대상을 수시로 바꾸는 변덕쟁이로 주로 여학생들에게 많다. 해마다 새로 전근해 오는 총각 선생님께 전과 똑같은 사연의 편지를 띄우기도 한다.

터프가이의 프러포즈

▲하루라도 널 못 보면 죽을 것 같고, 네가 보고 싶어 미치겠으니 좋은 말로 할 때 나한테 시집 와라.

▲죽어도 네가 해주는 밥을 먹어보고 싶다만, 정히 부엌일에 취미가 없다면 내가 친히 빨래와 더불어 밥도 해보마.

▲밤마다 나는 네 꿈을 꾸느라 미칠 지경이다. 잠도 못자고 아침마다 얼굴이 말이 아닌데다 툭하면 조느라 직장에서 잘리게 생겼으니 기본적인 양심이 있다면 나 잘리기 전에 잽싸게 와라.

▲뭐 그리 잘났다고 튕긴단 말이더냐. 지금의 네 모습 빠짐없이 사랑하느니 다이어트니 뭐니 쓸데없는 시간 죽이지 말고 하루 빨리 나한테로 시집오란 말이다. 시집오면 밥은 안 굶길 테니 걱정 말고 아이 낳고 살림하다 펑퍼짐해질지라도 여전히 예뻐할 테니 그만하면 과분하지.

사이즈

건장한 청년 하나가 아까부터 자꾸 약국 앞을 얼쩡거리고 있었다. 청년은 콘돔을 구입하고 싶었지만 선뜻 용기가 나지 않아 들어가지 못하고 있는 것이었다.

게다가 그 약국의 약사는 여자였다.

청년은 한참을 얼쩡거리던 끝에 용기를 내어 안으로 들어갔다. 그리고 잔뜩 기어들어가는 목소리로 말했다.

"저, 콘돔요⋯."

그런데 의외로 여자 약사는 대범했다.

"이리로 오세요, 사이즈를 재봐야 하니까."

그러고는 청년을 조제실 앞으로 불러 세웠다.

이어 청년의 바지를 내리게 하고 손으로 그것을 주물럭거리면서 조제실 안에 있는 조수에게 말하는 것이었다.

"김양아, 3호다, 3호⋯ 아니, 아니, 5호다⋯ 어라? 7호는 돼야겠는걸⋯!!"

벼룩시장 광고

▲광고1

애인 보관해 드립니다.

군대나 멀리 해외로 장기간 나가시는 분 걱정 마시고 맡겨 주십시오.
돌아오시면 새끼까지 쳐서 돌려 드리겠습니다.

▲광고2

동반자 구함.　홀로 살고 있는 노총각입니다.

온갖 궂은일은 제가 다 하겠습니다.　원하신다면 아기도 제가 낳겠습니다.

▲광고3

진짜 소나무 구합니다.

잘 키워서 소가 열리면 나눠드리겠습니다.

▲광고4

흑자 가계부 급히 구합니다.

곧 아내에게 월말 결산해야 할 형편입니다.

고가로 매입하겠습니다.

제 적자 가계부도 무료로 드립니다.

▲광고5

나이 깎는 기계 구함.

우리 집 아들놈 연필 깎는 기계와 교환하실 분 연락주세요

▲광고6

눈총이나 미움 삽니다.

무료로 주신다면 아낌없이 받겠습니다.

▲광고7

부인 무료로 주실 분.

명의이전 해드립니다.

▲광고8

여행 동반자 구합니다.

차멀미 때문에 여행을 못하는 제 신부 대신 6박7일의 하와이 신혼여행에 동반하실 분 찾습니다.

무경험자 우대.

▲광고9

집 팝니다.

목욕탕이 훤히 내려다보이는 문화주택.
시력감퇴로 인해 염가에 처분합니다.

남자친구의 문자메시지

남자친구한테서 문자메시지가 왔다.
첫 번째, '난 너한테 문자 400개 보낼 수 있다. 받아라. 지금부터 보낼 테니.'
시간이 조금 지나자 정말 문자가 왔다.
400개의 문자 중 첫 번째 문자라고 생각한 여자는 얼른 문자를 확인했다.
그러나 남자친구에게 온 문자는 그야말로 엽기였다.
– '400.zip'

그 여자

1. 올림픽 경기에서 양궁으로 금메달 딴 여자?
– 활기찬 여자.
2. 변비로 심하게 고통 받는 여자?
– 변심한 여자.

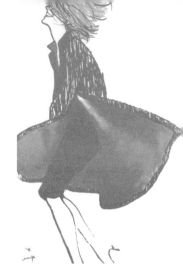

3. 금세 울다가 다시 우는 여자?

– 아까운 여자.

4. 못 먹어도 고를 외치는 여자?

– 고고한 여자.

5. 카페에 가면 꼭 창 없는 구석에 앉는 여자?

– 창피한 여자.

6. 정말 끝내준 여자?

– 이혼한 여자

출발 비디오 여행 퀴즈

'내겐 너무 가벼운 그녀' 의 여주인공은 누구인가?

① 기네스 북

② 기네스 펠트로

③ 기내에선 벨트 풀어

폭탄 시리즈

▲야광탄

저녁시간 미팅에서는 상당히 예뻐 보여 단숨에 애프터를 신청했지만
낮에 다시 만났을 때 완전히 속았다는 것을 깨닫게 하는 파트너
▲오발탄
화기애애한 분위기에서 갑자기 튀어나와
썰렁한 얘기로 주위를 어색하게 만드는 사람
▲공포탄
우락부락한 얼굴에 미팅 내내 화난 표정으로 인상 쓰고 있는 사람
▲수류탄
그리 잘나지도 않은 얼굴에 여드름 등으로 울퉁불퉁해진 사람
▲최루탄
발 냄새, 땀 냄새, 입 냄새 등 인체에서 고약한 냄새를 풍기는 사람
▲시한폭탄
미팅 시 처음에는 잘 앉아 있다가 일정시간이 되면
갑자기 분위기를 흐려 놓거나 사라져 주위를 난처하게 만드는 사람
▲유도탄
싫다고 하는데도 끈질기게 쫓아와 도무지 떨어질 줄 모르는 파트너
▲원자폭탄
미팅 시작 전부터 파장 분위기로 몰고 가는 사람
▲패트리어트 미사일
미팅 시 상대편에 폭탄이 있으면 빠른 시간 내에 데리고 나가 자폭하
는 사람

여자들에게 물었다

외국의 어떤 조사기관에서 10만 명의 여성들에게 다음과 같이 물어보았다.

"단 하루만, 남성의 성기를 갖게 된다면 어떻게 하겠는가?"

그러자 다음과 같은 다양한 답변이 나왔다.

– 남자친구를 하루 종일 쿡쿡 찌르고 다닌다.

– 눈(雪)위에 이름을 써 본다.

– 상관 책상에 깔고, 봉급을 올려달라고 한다.

– 기왕이면 큰 걸 가졌음 좋겠다. 그래서 그걸 남들에게 다 보여주고 싶다.

– 남들에게 만져보게 한다.

– 좌변기의 뚜껑을 안올리고 소변을 봐 본다.

– 길이와 두께를 재 본다.

– 높은 빌딩옥상에서 오줌을 갈겨본다.

– 고환을 세게 쳐보구 진짜 아픈가 본다.

– 병원에 가서 바로 제거 수술을 하고 싶다.

– 남자가 성교 시 뭘 느끼나 바로 알아본다.

– 하루 종일 가지고 논다.

– 남편과 아들들을 불러서 조준만 잘하면 소변을 안 흘릴 수도 있다는 것을 보여준다.

– 남편을 무릎 꿇게 한 뒤 얼굴을 때려본다.

– 제자리 뛰기를 하면서 흔들리는 느낌을 느낀다.

– 몇 개의 도넛을 꿸 수 있는지 해본다.

샌드위치

어느 통학버스 안에 한 여학생을 중심으로 해서 남학생 둘이 서 있었다.

때마침 그 버스에는 사람들이 붐벼서 서로 밀치고 땡기고 했다. 그런 와중에 가운데 서 있던 여학생이 남학생들을 보며 말했다.

"어머머! 샌드위치 되겠다. 얘들아 좀…."

그 말은 들은 남학생들 왈.

"너네 집은 샌드위치에 호박도 넣어 먹냐?"

솔로 등급

▲계절이 바뀔 때

초급 : 새로운 만남을 준비한다.

중급 : 새로운 옷을 준비한다.

고급 : 새로운 추리닝을 준비한다.

▲부모님

초급 : 너 애인 있니? 하긴 우리 아들이 너무 잘나서 어디 짝이 있겠어?

중급 : 너 아직 애인 없어? 다양하게 만나봐야 할 텐데.

고급 : 너 애인 없지? 내 중매라도 좀 해줄까?

▲패션

초급 : 솔로도 말끔해야 된다고 생각하며 산뜻하게 차리고 다닌다.

중급 : 특별한 날 이외에는 지저분하게 하고 다닌다.

고급 : 간만에 차려입어도 주위사람들이 차려입은 줄 모른다.

▲밸런타인데이

초급 : 선물을 사는 친구들을 부러워한다.

중급 : 그런 날은 사라져야 한다고 열변을 토하며 인터넷 댓글을 단다. 회사의 상술에 넘어가지 않는 자신을 기특해 한다.

고급 : 동생이 받은 초콜릿을 얻어먹기 위하여 그날을 기다린다.

▲크리스마스이브

초급 : 이브 전까지 연인을 만들기 위해 갖은 노력을 기울인다.

중급 : 솔로인 친구들끼리 조촐하게 파티 한다.

고급 : 엄마가 시켜준 짬뽕을 먹으며 집 본다.(집 잘 보면 엄마가 탕수육 사준댔다)

▲영화

초급 : 재미있을 것 같은 영화가 있으면 잘 외워뒀다가 나중에 애인이 생기면 같이 가리라 다짐한다.

중급 : 극장은 무슨 극장이냐? 집에서 라면 끓여먹으면서 케이블 TV 본다.

고급 : 혼자서도 잘해요(혼자 극장에 간다)

▲이상형

초급 : 미스코리아가 아니면 아쉬운 대로 모델을 바란다.

중급 : 그냥 착하고 여자다웠으면 좋겠다.

고급 : 머리 길면 다 여자다.

확실한 소득

토미 안드레가 고백성사실로 들어왔다.

"저에게 자비를 베푸소서. 신부님, 제가 죄를 범했습니다."

"자비를 베푸소서. 그래, 젊은 형제가 무슨 죄를 지었습니까?"

토미가 말했다.

"제가 행실이 좋지 않은 여자와 함께했습니다."

신부가 물었다.

"너 리틀 토미 안드레구나?"

"예, 신부님. 그렇습니다."

"그럼 너와 함께 있었던 여자는 누구지?"

"죄송합니다, 신부님. 그건 차마 말씀드릴 수 없습니다. 왜냐하면 그녀의 평판을 망치고 싶지 않으니까요."

"음, 토미. 난 조만간 그걸 알게 될 거야. 그러니 넌 지금 이 자리에서 나에게 실토하는 것이 좋을 거야. 셰리 오말리였어?"

"죄송합니다만, 말씀드릴 수 없습니다."

"켈리 앨레나였어?"

"절대 말씀드릴 수 없습니다."

"퍼시 멜라니였구나?"

"죄송합니다, 신부님."

"케티 엘리자베스였구나?"

"용서하십시오. 입을 열지 않겠습니다."

"피오나가 맞아, 그렇지?"

"신부님, 제발요."

신부는 분노로 거친 숨을 내쉬었다.

"토미, 정말 입이 무거운 친구로군. 난 자네의 그 점은 높이 사네. 하지만 자넨 분명히 죄를 범하였고, 넌 마땅히 속죄해야 한다. 자, 이제 가거라."

토미가 고해 실을 나서자 친구 마일로가 다가와서 귀엣말을 속삭였다.

"그래, 뭘 좀 얻었어?"

토미가 말했다.

"당근이지! 5개의 좋은 단서를 얻었어."

마지막 남자이길

첫 번째 남자는 너무 아프게 했고
두 번째 남자는 날 반 죽여 놓다시피 했고
세 번째 남자는 이렇게 해라 저렇게 해라 주문이 많았고
네 번째 남자는 처음 보는 기구까지 사용했고
다섯 번째 남자는 무조건 벌리기만을 강요했고
여섯 번째 남자는 벌려진 그곳을 이리저리 구경했고
그리고, 지금 이 남자는 매우 섬세하고 자상하다.
제발 이 남자가 마지막이길 바랄뿐이다.
아~ 생각조차… 생각조차 하기 싫다. 치과의사!

바나나

독신녀 아파트에 사는 미첼이 과일가게에 갔다.
 바나나를 뚫어져라 바라보던 그녀는 조용히 바나나 두개를 집어 들었다.
 평소 하나씩만 사가던 그녀가 두개나 집어 들기에 점원총각인 로빈이 의아해하며 물었다.
 "미첼! 오늘은 두개나 사가네요?"
 그러자 미첼이 화들짝 놀라며 말했다.

216

"어머! 하나는 먹을 거예요."

놀부와 스님

놀부가 대청마루에 누워 낮잠을 즐기고 있었다.

그때 한 스님이 찾아와서 말했다.

"소승 시주받으러 왔소이다. 시주 조금만 하시지요."

놀부가 코웃음을 치며 말했다.

"스님은 내가 누군지 소문도 못 들으셨소? 어서 빨리 다른 데나 가보시오."

그러자 스님이 눈을 감고 불경을 외었다.

"가나바라… 가나바라… 가나바라…"

그러자 놀부가 그 소리를 듣고는 자기도 눈을 감더니 이렇게 중얼거리기 시작했다.

"주나바라… 주나바라… 주나바라…"

세 변강쇠

기운 세기로 남부럽지 않은 세 명의 변강쇠가 술을 마시고 있었다.

한 변강쇠가 먼저 힘자랑을 했다.

"어젯밤에는 네 번을 했어. 그랬더니 아침 밥상이 달라지데. 나 원 참…."

그러자 두 번째 변강쇠가 말했다.

"아, 나는 여섯 번을 뛰었더니 아침에 상다리가 부러지도록 밥상을 차리더군."

두 명이 말하는 동안 가만히 듣고 있던 나머지 한명이 슬그머니 말했다.

"나는 겨우 한번만 했어."

"에게!"

"겨우?"

나머지 둘은 비웃으면서 물었다.

"그래, 자네 아침밥상은 어땠는가?"

그 변강쇠가 말했다.

"제발 아침식사 준비 좀 하게 해달라더군."

무제(無題)

우리나라 1970년대는 경제발전의 초석을 다진 시기였지만 반대로 정치, 사회, 문화, 예술 등의 분야에서는 암흑기나 마찬가지였다. 이때만 해도 '통행금지'란 것이 있었는데, 이것을 순우리말로 하면?

- "자지 왜 나와?"

해외여행이 보편화되면서 방송이나 신문기사에서 어디가 좋다더라 말만 들리면 우르르 몰려가는 게 한국인의 특징이다.

그리고 관광하면서 조금이라도 신기한 것이나 못 보던 것이 있으면 너도 나도 만져봐야 직성이 풀리는 것이 한국인이다.

이 때문에 유럽의 어떤 미술관에서는 전시실에 전시된 작품마다 그 옆에 'NO TOUCH' 라고 써 붙였으나 효과가 없자 한국말로 다시 써 붙였다. 뭐라고 붙였을까?

– 보지 왜 만져?

카누

미국 서부시대 때, 대담한 한 탐험가가 산채로 사람의 가죽을 벗기기로 유명한 인디안 부족에게 붙잡혔다.

그 부족의 추장이 엄숙하게 말했다.

"당신을 죽이기 전에, 한 가지 소원을 허락한다. 말해보라."

탐험가가 말했다.

"포크를 하나 갖다 주시오. 그걸 원하오."

"?"

어리벙벙한 추장은 수하에게 포크를 갖다 주라고 명령했다.

그러자 탐험가는 포크를 받자마자 그것으로 자신의 온몸을 마구 찌르면서 말했다.

"너희가 날 카누로 만들지 못하도록 확실히 망가뜨리겠어…!"

자연의 기적

아프리카의 어떤 추장은 자신의 아내가 백인 아기를 낳았다는 사실을 알게 됐다. 그는 아기를 마을의 선교사에게 데려가서 물었다.

"당신은 우리 땅에 사는 유일한 백인이오. 내게 이 아이가 왜 하얀 피부를 가지고 태어났는지 설명해보시오."

겁에 질린 선교사가 침착하게 둘러댔다.

"저 들판의 하얀 양떼를 보세요. 그들 중에 검은 양이 한 마리 있지 않습니까. 어떻게 저런 색깔의 양이 나왔는지 설명할 길은 없어요. 이건 단지 자연의 기적이라고 말할 수밖에 없군요."

그 말에 잠시 생각에 잠겼던 추장이 입을 열었다.

"나는 당신 얘기를 완전히 이해했소. 이 아이에 대해서는 더 이상 말하지 않을 테니, 당신도 저 양에 대해서도 비밀을 지켜주시오."

버릇

말끝마다 욕을 잘하는 여자가 선을 보러 갔는데, 남자의 어머니가 착하고 조신해 보인다며 흡족해했다.

그런데 이 아가씨 기분이 너무 좋은 나머지 자신도 모르게 버릇이 튀어 나왔다.

"부끄러워요, 18…."

무슨 소리야

밤늦은 시각, 카바레에서 중년의 남녀 한 쌍이 나왔다.

"자, 우리 이러지 말고… 뭐 어때…?"

남자가 여자를 유혹하기 시작했다.

"안돼요! 오늘 처음 만났는데 어떻게…."

"자기도 나 좋아하잖아? 이러지 말고, 가자고…."

"그래도…."

"괜찮아! 나만 믿으라고…."

남자의 끈질긴 요구에 못 이겨 여자는 결국 남자와 함께 인근의 모텔에 들어갔다.

한바탕 광란의 폭풍우가 지나자 여자가 고개를 푹 숙이며 말했다.

"전 이제 어떡하면 좋아요?"

"무슨 소리야?"

"유부녀가 하룻밤에 몇 번씩이나 이 짓을 하고 무슨 낯짝으로 얼굴을 들고 다닐 수 있겠어요?"

남자가 당황해하며 물었다.

"아니! 무슨 소리야? 몇 번씩이라니?"

그러자 여자가 고개를 빳빳이 세우며 이렇게 되묻는 것이었다.

"아니! 그럼 이거 한번으로 끝이에요?"

성교육

어머니가 졸업여행 가는 딸을 앉혀 놓고 성(性)교육을 하고 있었다.

엄마 : 만일 남자가 손목을 잡으면 어떻게 한다고?

딸 : 반항해야죠!

엄마 : 그럼 네 몸을 더듬으려고 하면?

딸 : 무조건 반항해야죠!

엄마 : (고개를 끄덕이며) 키스를 하려고 하면?

딸 : 사정없이 반항해야죠!

엄마 : (아주 만족스러워 하며) 옷을 벗기려 들면?

딸 : 아이 엄마두… 반항하는데도 한계가 있죠!

엄마 : ??

딸 : 어떻게 여자의 힘으로 더 이상 버티란 말이에요?

미친 여자

태종대를 대학이라고 우기는 여자.

백청강을 강이라고 우기는 여자.

몽고반점을 중국집이라고 우기는 여자.

안중근을 내과의사라고 우기는 여자.

탑골공원과 파고다공원이 다르다고 우기는 여자.

LA가 로스앤젤레스 보다 가깝다고 우기는 여자.

으악새가 새라고 우기는 여자.

구제역이 양재역 다음이라고 우기는 여자.

비자카드 받아놓고 미국 비자 받았다고 우기는 여자.

김대중 전 대통령이 아직 살아서 일주일에 두 번씩 조선일보에 칼럼을 쓴다고 우기는 여자.

남자들을 착각하게 하는 행동

5위 : "내 남자친구가 너 반만 닮았으면 좋겠어~", 혹은 "너 같은 남자 또 있으면 소개해줘~" 라고 말할 때.

– 그냥 하는 소리다. 사귀는 것은 별개의 문제다.

4위 : 잦은 스킨십.

웃으면서 내 다리나 팔을 막 때린다든지, 영화관에서나 버스에서 몸을 기댄다든지 하는 것은 나를 스트레스 해소용으로 이용하는 것이거나 몸의 균형을 잡기 위해 기댈 곳을 찾는 것이다. 내가 없으면 책상을 때릴 수도 있고 책상에 기댈 수도 있다. 즉 그녀에게는 나와 책상이 동급인 것으로써, 역시 사귀는 것은 별개의 문제다.

3위 : "우리같이 ○○해요~" 라는 말을 자주 한다.

한마디로 내가 제일 만만하고 편한 것이다. 편하다 = 안 껄떡댈 것 같다. 만일 거기서 사귀자고 하면 그 여자는 그 후부터는 더 편해 보이는 사람을 찾아 무언가를 같이 하자고 할 것이다.

2위 : 나를 걱정해준다.

"밥은 챙겨 먹었어요?" "건강 조심해요~" "집에 일찍 일찍 들어가요~" 등의 말을 하는 것은 나를 좋아해서가 아니라 "똑바로 살아, 이 인간아~"의 또 다른 표현이다. 정신 똑바로 차리자!

1위 : 그냥 이유 없이 자주 전화한다.

"그냥 전화해 봤어요~" "날씨가 좋아서 전화했어요~" "모해요~?" 등등. 말 그대로 그냥 전화한 거다. 그 여자는 그냥 무지 심심할 따름이다. 착각하지 말자!

3개월 할부

한 남자가 창녀촌을 찾아가서 신용카드를 내밀며 말했다.

"3개월로 해줘."

포주는 당황했다.

"에게~ 쪼잔하게 7만원을 3개월로 해?"

"손님은 왕인 거 몰라? 3개월로 해달라면 해줘야지!"

어쩔 수 없이 포주는 카드 결제를 3개월 할부로 했다.

"서비스 잘해줘~~!"

이윽고 남자가 자리에 누웠고, 여자가 들어와서 서비스를 시작했다.

그런데 남자가 한창 기분이 좋아지려고 할 때쯤 여자가 갑자기 서비스를 멈췄다.

"뭐야~? 왜 하다가 말어~~?"

그러자 그 여자가 하는 말.

"자기야, 다음 달 결제 일에 맞춰서 또 와~? 나도 할부야~~! 3개월로 나눠서 해야지~~!"

그냥 한 번만 줘

한 골퍼가 세컨드 샷을 칠 때가 됐다.

캐디가 물었다.

"사장님, 몇 번 드릴까요?"

그러자 골퍼가 말했다.

"뭘 몇 번씩이나 줘? 힘도 없는데, 그냥 한 번만 줘!"

엉뚱한 홀인원

미국 사업가가 일본 출장 중에 일본매춘부와 하루 밤을 지냈는데, 그 여자는 그날 "호시모타" "호시모타"라며 밤새도록 비명을 질러댔다.

미국인은 '호시모타(과녁 아래라는 뜻의 일본어)' 라는 말뜻을 알지 못했지만, 아무튼 밤일을 끝내줬다는 의미쯤으로 이해했다.

다음 날 아침 그 남자는 일본의 사업 파트너들과 골프를 쳤는데 운 좋게도 홀인원을 했다. 동반자들이 일본말로 축하해 주자 그는 자신이 알고 있는 유일한 일본어인 '호시모타' 라고 맞장구쳤다.

동반자들이 그 말을 듣더니 이렇게 말했다.

"다른 구멍에 넣었다니, 그게 무슨 소리야?"

볼 건 봐야지

미스코리아 빰치는 미모의 처녀가 예배당 이층 발코니 끝에 앉아 예배를 보다가 갑자기 현기증이 났다. 목사가 축도를 위해 신자들에게 일어서라고 하자, 자리에서 일어서던 그녀가 그만 몸의 균형을 잃고 이층 난간 밑으로 떨어지고 말았다. 그런데 때마침 그녀의 옷이 난간에 걸리는 바람에 처녀는 아래층에서 기도를 올리던 신자들 머리 위로 대롱대롱 매달리는 신세가 되었다.

아래층에 있던 남자 신도들이 일제히 고개를 쳐들자 목사가 근엄한 목소리로 경고했다.

"여러분이 만약 저 곤경에 처한 아가씨한테 시선을 준다면 주님은 여러분들의 눈을 멀게 하고 말 것입니다."

그러자 한쪽 눈을 감은 젊은 신도는 옆의 자기 친구의 허리를 쿡쿡 찌르며 나직이 속삭였다.

"난 설사 한쪽 눈이 멀게 된다 해도 볼 건 봐야겠어."

어떤 모델1

미대 교수의 권유로 처음 미대를 방문한 초보 누드모델이 있었다.

미대 건물에 도착해서 301호 강의실에 들어가 보니 강의실 앞쪽에 의자가 하나 놓여 있는 게 보였다. 모델은 몹시 수줍어하면서도 자기 앉으라고 갖다 놓은 것이라 생각하고 34-24-33의 멋진 몸매를 공개하며 서서히 옷을 벗기 시작했다.

그런데 몸을 덜덜 떨면서 앉아 있는데, 학생들이 하나 둘 들어오며 킥킥대는 것이 아닌가!

너무나 당황해서 몸에 뭐라도 묻었나 하고 살펴보는데, 때마침 교수가 들어와서 말했다.

"여긴 정물화 반입니다. 의자를 그리는 중이었는데…."

어떤 모델2

지난번에 망신을 당한 모델이 이번에는 정신을 바짝 차리고 강의실에 들어섰다.

옷을 벗고 의자에 앉아 있는데, 학생들의 시선이 온몸 구석구석을 훑어보고 있어서 얼굴이 화끈거리고 몸이 근질거렸다.

그런데 더욱 황당한 건 남자인 담당 교수였다. 학생들을 지도할 생각은 않고 모델인 그녀의 몸만 엉큼한 눈길로 쳐다보고 있는 게 아닌가!

마침내 시간이 다 되었고, 황급히 옷을 걸치고 일어서려는데 그 교수가 앞을 막아섰다.

'역시…! 이 늑대… 나한테 이상한 요구를 하는 것이 틀림없어…!'

그런데 교수는 이렇게 말했다.

"저 OO양, 목욕 안한지 얼마나 됐지요?"

어떤 모델3

미모의 여성 모델이 유명 화가를 찾아와서는, 1억을 줄 테니 자기 누드화를 그려달라고 부탁했다. 그러나 화가는 원칙에 어긋나는 일이라면서 딱 잘라 거절했다.

그녀는 말없이 돌아갔다가 일주일 후 또다시 찾아와서는, 이번에는 1억 5천만 원을 제시했다. 그러나 화가는 재차 거절해버렸다.

보름 후, 모델이 금액을 3억으로 올리자 화가가 비로소 말했다.

"한 가지 조건을 들어 준다면 한번 해볼 의향이 있소."

"그게 뭔데요?"

화가가 말했다.

"양말만은 신어야 합니다. 붓을 꽂을 데는 있어야 하니까요."

세 가지 이유

거리 창녀가 한 남자에게 접근했다. 그런데 남자는 빙그레 미소 지으며 이렇게 대꾸하는 것이었다.

"세 가지 이유 때문에 응할 수가 없겠는걸."

"세 가지 이유라뇨?"

남자가 말했다.

"첫째 이유는 내 아내와 약속을 했기 때문이고, 둘째 이유는 어머니한테도 약속을 했기 때문이지. 다른 여자와 놀아나지 않기로 말이야."

"그럼 셋째 이유는요?"

여자의 물음에 남자는 이렇게 대답하는 것이었다.

"사실은 지금 막 다른 여자한테서 볼일을 보고 나오는 길이거든."

그리고 49

한 남자가 자신과 선을 보기로 한 여자의 신체적 조건을 듣게 되었다.

"가슴 35."

남자의 입에서 환호가 터져 나왔다.

"우와!"

"허리 23."

"캬아!"

"히프 36."

"이야!"

"그리고, 49.";

"49…?"

"나이 말이야, 짜샤!"

성폭행

병태가 모처럼 지하철을 탔는데 하필이면 만원이었다.

비좁은 틈을 헤집으며 간신히 서 있을 자리를 찾고 있는데, 한 할머니가 계속 혼잣말을 중얼거리며 주위를 두리번거리고 있었다. 그때 마침 갑자기 전철이 급정거를 하는 바람에 병태가 그만 그 할머니와 부딪치고 말았다.

"죄송합니다."

고의가 아니었지만 병태는 진심으로 할머니에게 사과를 드렸다.

그런데 할머니는 큰소리로 이렇게 말하는 것이었다.

"맞아! 이게 바로 성폭행이여, 성폭행!"

병태는 기가 막혀서 할머니에게 따졌다.

"아니, 할머니, 저를 뭐로 보시는 겁니까? 제가 할머니를 성폭행 했다고요?"

그러자 할머니가 도리어 화를 내며 말했다.

"아니, 뭔 소리여? 난 이 열차가 성북 행이라고 한 것뿐인데…? 젊은이 뭐 불만 있나?"

그녀의 정체는?

어느 대학에 아주 예쁜 여학생이 있었는데, 그녀는 남자들과 데이트하는 것을 꺼려했다. 그러자 그 여학생에 대해서 나쁜 소문들이 나돌기 시작했다. 그 중에서도 최악은, 그녀가 남자일 것이라는 소문이었다.

그런 와중에도 수많은 남자들이 그녀에게 데이트 신청을 냈고, 결국 그녀는 어느 한 남학생의 데이트 신청을 받아들였다. 여러 남학생들이 데이트를 앞둔 그 남학생을 쫓아가 임무를 맡겼다. 어떻게든 그녀의 진짜 성별이 뭔지를 알아내라는 것이었다.

드디어 디데이.

남학생은 멋진 데이트를 위해 차를 몰고 외곽순환도로를 달렸다.

그런데 도중에 여학생이 화장실에 가고 싶다며 차를 세워달라고 했다.

차를 세우긴 했지만, 근처에는 화장실도 없었고 날도 어둑어둑했으므로 여학생은 숲속에 들어가서 대충 일을 보기로 했다.

남학생은 이것처럼 좋은 기회가 있을까 하고 몰래 그녀의 뒤를 밟았다.

이윽고, 여학생이 앉아서 볼일을 보는데, 뒤쪽에 숨어있던 남학생은 그녀 다리 사이에서 뭔가가 덜렁거리며 매달려 있는 것을 목격했다.

이때다! 하고 남학생이 뛰쳐나가 그 물건을 손에 잡으며 소리쳤다.

"이제야 잡았다! 너 게이 맞지!"

여학생은 깜짝 놀라며 앉은 채로 말했다.

"그런데, 내 똥은 뭐에다 쓰려고…?"

만점 답안

모 대학 정신분석학 입문을 강의하는 한 교수는 유독 성에 관한 관심이 많았다. 그래서 그는 시험문제도 성에 관련된 문제가 대부분이었다.

한번은 중간고사를 치르는데, 기가 막힌 문제가 출제되었다.

성감대를 아는 대로 쓰시오.

(), (), (), (), (), ()

   시험지를 받아 든 학생들은 모든 지식을 총동원하여 신체부위를 적어 나갔다. 몇몇 학생은 여섯 개의 괄호를 채우는 데 그쳤지만 대부분은 자신이 아는 부위를 전부 나열하느라 괄호가 부족할 지경이었다.

   학생들의 답안지를 받아 든 노교수는 매우 흡족한 표정을 지었다.

   그런데 만 점짜리 답안지는 유일하게 하나 나왔는데, 다음과 같았다.

-(온), (몸), (이), (성), (감), (대)

학교 실험실

   비뇨기학 실험시간이었다. 그날은 남자의 생식기관을 배울 차례였다.

   1학생 당 1개씩 모형이 제공되었는데, 한 친구가 여학생 것을 몰래 치워버렸다. 뒤늦게 이를 발견한 여학생이 하는 말.

   "야 내 XX 누가 훔쳐갔어!"

이번에는 해부학 실.

   의과대학생에게 가장 지겹고 짜증나는 과목이 뭐냐고 물어보면 아마 대부분 해부학과 생화학을 들 것이다.

그날도 해부학실의 학생들은 조교들의 눈총을 받으며 땀을 빼질 빼질 흘려가면서 해부를 하고 있었다. 그 와중에도 간간이 나누는 잡담은 마른하늘의 소나기와도 같은 청량감을 안겨주었다. 그날도 예외는 아니어서 조교들의 눈을 피해가며 한물간 '덩달이 시리즈'로 지루함을 달래고 있었다.

때마침 해부 조 5조에는 한 꽃덩순이라는 여학생이 한 명 있었는데, 덩순이가 맡은 소임은 피부를 벗겨내는 일(penis skinning)이었다.

그런데 이상하게도 이 시체는 약간 발기된 상태였다. 옆 동기가 들려주는 시리즈 유머에 피식 웃음을 흘리던 덩순이가 긴장이 풀린 나머지 그만 페니스를 쥔 채로 손을 흔들었다. 그러자 갑자기 페니스가 푹 꺼져버리는 것이 아닌가…!

아니나 다를까. 독사 같은 조교가 이를 놓칠 리 없었다.

7조 해부대 앞에 우뚝 선 조교가 벌게진 얼굴로 소리쳤다.

"이거, 누가 이렇게 죽였어?"

덩순이는 주춤 주춤 손을 든다.

"제가 그랬는데요…."

그러자 조교가 하는 말.

"너 이거 다시 세워놔~!"

234

년 시리즈

미운 년은? 줄 듯 줄 듯 하면서도 안주는 년.

더 미운 년은? 한번주고는 평생 안주는 년.

나쁜 년은? 나만 준 줄 알았더니 이놈 저놈 다준 년.

더 나쁜 년은? 나만 안주고 다 준 년.

좋은 년은? 달란 말도 안했는데 막 주는 년.

더 좋은 년은? 준 다음에 자기 친구까지 주려고 하는 년.

얄미운 년은? 여관까지 가서는 안주는 년.

처량한 년은? 남자가 옷 다 벗겨 놓고는 안 먹는 년.

불쌍한 년은? 남자가 평생 달란 말 안하는 년.

미친년은? 이놈이고 저놈이고 달라는 대로 다 주는 년.

행복한 년은? 남자들이 줄서서 해주는 년.

못된 년은? 밤새도록 소주, 맥주, 양주 다 사줬는데 새벽 5시 돼서는 해장국이나 먹으러 가자는 년.

착한 년은? 소주 두잔 먹더니만, "아, 피곤해, 나 암 데나 가서 발랑 눕고 만 싶어"라고 말하는 년.

할일 없는 년은? 네 이년!

'지' 자로 끝나는 부분

모 대학 페스티발에서 남녀 한 사람씩을 불러낸 사회자가 짓궂은 말 따먹기를 시켰다.

"자! 요번 상품은 무지 비쌉니다. 절대 서로 양보하지 마세요. 자! 그럼… 질문입니다. 우리 신체 일부 중에 '지' 자로 끝나는 부분은 뭐가 있을까요? 자! 이쪽 우리 씩씩한 머슴부터…!"

남 : 모가지.

여 : 장딴지.

남 : 허벅지.

여 : 팔모가지.

남 : 발모가지.

여 : 엄지.

남 : 검지.

여 : 중지.

남 : 약지.

여 : 소지.

남 : 아, 아…

"자, 남자 분 빨리요 아직 몇 개 있어요. 자! 그럼 3초 드리겠습니다. 하나, 두울, 둘 반… 둘 반의 반…"

남 : 젖꼭지!

구경하던 사람들 사이에서 환호와 비명, 난리가 났다.

"나올 만큼 나오네. 자! 우리 이쁜 여자 분… 자! 자! 빨리요!"

사람들, 잔뜩 기대하며 그녀의 입술만 바라보고 있다.

여 : 음….

"자! 자! 뭐합니까? 상품이 아깝지도 않습니까? 3촙니다. 하~ 나. 두
~ 울. 둘은 반. 둘끝….."

여 : 자…!

사람들이 침을 꿀꺽 삼켰고, 고요한 적막 속에 여자가 드디어 입을 열
었다.

여 : 니 무우라. 마!

여자 친구에게 해주는 엉큼한 이야기

남자 : 너 동굴의 박쥐 이야기 알아?

여자 : 아니 몰라.

남자 : 어느 한 동굴 안에 남자박쥐 A, B, C와 여자박쥐 한 마리. 이렇
게 네 마리가 살았어. 그런데 어느 날 동굴이 무너져서 입구가 막혀 버
린 거야. 동굴 안에는 먹을 것도 없고 공기도 부족한 거야. 그래서 박쥐
들이 의기소침해 있는데 그날 저녁에 남자박쥐A가 여자박쥐한테 접근
을 한갓야.

박쥐A : 너 밖으로 나가는 비밀통로 아니?

여자박쥐 : 아니 몰라.

박쥐A : 가르쳐 줘?

여자박쥐 : 응.

박쥐A : 그냥은 안 되고 나랑 하룻밤 자면 가르쳐 주지.

여자박쥐는 생각을 한거야. 지금까지 지켜온 순결을 지키느냐, 아니면 우선 살고 보느냐. 그래도 일단 살아야겠다는 생각에 박쥐 A랑 잠을 자기로 했어. 그런데 그 박쥐랑 잠을 자고 아침에 일어나 보니 남자박쥐A가 사라진 거야. 여자박쥐는 속았다는 생각에 울고 있었지. 그런데 또 저녁이 되자 이번에는 남자박쥐B가 여자박쥐한테 말을 거는 거야.

박쥐B : 난 박쥐A가 어디로 나갔는지 알고 있어. 너도 아니?

여자박쥐 : 아니 몰라.

박쥐B : 가르쳐 줘?

여자박쥐 : 응.

박쥐B : 그냥은 안 되고 나랑 하룻밤 자면 가르쳐 주지.

여자박쥐는 또 생각을 했어. 이게 또 속는 건 아닌가하고. 그래도 죽는 것 보다는 낫다는 결론에 다다르자 같이 자기로 허락했어. 그런데 이번에도 아침에 일어나보니 박쥐B가 사라진 거야. 여자박쥐는 아무 생각이 없었어. 우울히 눈물을 흘리고 있는데 저녁이 되자 이번에는 박쥐C가 다가오는 거야.

박쥐C : 너 박쥐A, B가 어디로 갔는지 모르지?

여자박쥐 : 몰라.

박쥐C : 나는 아는데 가르쳐 줘?

여자박쥐 : 응.

박쥐C : 그냥은 안 되고 나랑 하룻밤 같이 자면 가르쳐 주지.

그러자 여자박쥐는 이왕 버린 몸, 이판사판 공사판이다 하고 같이 잤지. 그런데 이게 웬일인가. 아침이 되었는데 이번에는 남자박쥐는 그대로 있고 여자박쥐가 사라져 버린 거야.

남자 : 왜 그런 줄 아니?

여자 : 아니 몰라.

남자 : 가르쳐 줘?

여자 : 응.

남자 : 그냥은 안 되고 나랑 하룻밤 자면 가르쳐 주지.

여포수의 곰 사냥

여자포수가 혼자 총을 들고 숲속으로 사냥을 나갔다.

숲속을 한창 헤매는데 때마침 곰 한 마리가 눈에 띄었다. 여자는 조준한 다음 과감하게 방아쇠를 당겼다. 하지만 맞지 않았다. 그녀가 다시 조준을 하려니까 어느새 날쌘 곰이 그녀 뒤로 달려들어 밀쳐 눕히고 이렇게 말했다.

"너 죽을래? 아니면…?"

여자포수는 죽기 싫었다. 그래서 후자를 택했고 얼마 후 무사히 살아

집에 돌아올 수 있었다.

집에 와 곰곰이 생각해보니 너무도 분하고 억울했다. 물론 창피하기도 하고.

다음날 그녀는 또다시 그놈의 곰을 잡으러 갔다. 역시나 곰이 있었고, 또다시 총을 쐈지만 안타깝게도 이번에도 총알이 빗나갔다. 여자를 눕힌 곰이 어제와 똑같이 질문했다.

"너 죽을래? 아니면…."

여자는 살려달라고 읍소하고서 또다시 곰에게 몸을 허락했다.

집에 돌아간 여자포수는 진짜로 얼굴을 들 수가 없었다. 창피하고, 분하고, 너무도 기분이 나빴다. 그래서 밤새도록 사격 연습을 하고나서 퉁퉁 부은 눈으로 다시 곰을 찾아 나섰다.

그리고 이번에도 곰을 발견하여 총을 쏘았지만 곰이 먼저 피했고, 여자를 눕힌 곰이 나지막이 속삭이며 하는 말.

"너… 솔직히 말해봐. 사냥하러 오는 거 아니지…?"

화장실?

친구가 다니는 대학교로 친구를 만나러갔다.

친구를 기다리는 동안 갑자기 화장실에 가고 싶어졌다. 그런데 처음 가본 그 학교에서 화장실의 위치를 몰라 이리저리 찾아 헤매다가 '화장실'이라는 표지가 붙은 문을 발견하고 황급히 문을 박차고 들어갔다.

그런데 이게 웬일인가? 웬 뿔테안경을 쓴 할아버지가 책이 빼곡한 책상 앞에 앉아 놀란 눈으로 날 쳐다보는 게 아닌가?

당황하여 엉겁결에 꾸뻑 인사를 하고 나와서 그 방문에 붙은 표지를 다시 살펴보니, 그 방은 '학장실'이었다.

머피의 법칙

1. 변기에 앉는 순간 전화벨이 울린다.
2. 짧은 줄을 목표로 해서 달리기 시작하면 그 줄이 갑자기 길어진다.
3. 담배에 불을 붙인 순간 버스가 온다.
4. 우산을 샀더니 비가 그친다.
5. 위기에 몰리면 사람들은 대부분 최악을 선택한다.
6. 가려움은 손이 닿기 어려울수록 그만큼 더 심하다.
7. 뜻밖의 수입이 생기면 반드시 그만큼 뜻밖의 지출이 생긴다.
8. 보험에 들면 사고가 안 난다. 사고 난 사람은 꼭 생명보험에 안든 사람이다.
9. 세차를 하면 비가 온다.
10. 융자를 얻기 위해서는 우선 융자가 필요치 않다는 것을 증명해야만 한다.
11. 위대한 발견은 모두 실수가 만든 것이다.

12.고장 난 기계는 서비스맨이 당도하면 정상으로 작동된다.

13.찾는 물건은 항상 마지막에서 찾아보는 장소에서 발견된다.

14.사태를 복잡하게 하는 것은 간단한 일이지만 사태를 간단하게 하는 것은 매우 복잡한 일이다.

15.보험설계사가 가고 나면 꼭 보험에 대해서 묻고 싶은 말이 생각난다.

교생실습 여대생의 주의사항

이 주의사항은 특히 남학교에 실습을 나가는 여대생들에게 '인생의 난관'을 예방하는 훌륭한 지침서가 돼줄 것이다.

교생실습을 나갈 때….

1) 치마를 입고 출근하는 순간 아래의 모든 사태가 발생한다.

왜? 1등에서 꼴등까지를 총망라한 남학생들 특기중의 하나는 기회가 왔다 싶으면 무조건 여자 빤스를 보려고 한다. 그 이유는? A : 혹시라도 노팬티가 아닐까…? B : 예상했던 꽃무늬 팬티가 맞는지….

2) 앞자리서 질문하는 숏다리 학생을 조심할 것.

왜? 숏다리 학생의 질문에 답하는 사이 슬금슬금 기어 나온 학생들이 차례를 기다리며 허리를 90도로 구부리고 손을 땅에 짚고 대가리를 180도 완전 회전해서 빤스를 훔쳐보고 있음.

3) 가슴 패인 옷 입으면 끝장.

왜? 가슴 패인 옷 입고 교탁에서 출석부 체크 시 또는 분필이 떨어져 허리 숙여 주울 때 그 짧은 순간 남학생들의 엉덩이는 들썩거린다는 점을 유념할 것. 그것은 대낮에 가슴을 드러내놓고 거리를 활보하는 것과 마찬가지 결과를 초래함.

4) 계단 난간에서 질문하는 학생 진짜 조심.

왜? 질문 2분전에 먼저 아래층으로 내려간 3~4명의 남학생들이 아래 난간에서 침을 괴며 눈알을 위로 힘껏 재낀 체 잠복근무중임.

5) 겨드랑이털 정리하고 헐렁한 옷소매 입을 것.

왜? 칠판 밑줄 그은 곳을 가리킬 때 오른손을 들면 오른쪽에 앉은 학생들은 옷소매 틈새로 보이는 겨드랑이털과 1/5쯤 드러나는 브래지어 흰 끈의 묘미를 만끽하고 있음.

6) 마지막 날 송별회 겸 사인 받는다고 몰려들 때 정신 바짝 차려야 함.

왜? 싸인 받는 뒤쪽에서 사인도 안 받으면서 온몸으로 엉덩이를 마구 비벼대는 몰상식한 무리가 있음. "밀지 마, 밀지 마" 하며 목청을 높이는 그 인간이 바로 범인임!

산소 같은 여자

얼마 전에, 친구 녀석이 우윳빛 살결에 '산소 같은 여자'를 소개시켜 준다고 했다.

"세상에! 네가 드디어 철들었구나! 우찌 그런 여자를 나한테…!"

드디어 대망의 미팅 날.

형 옷을 빌려 입고 스킨 무스 바르고 미팅장소로 나갔다.

그런데… 세상에나…! 세상에나…!

정말로 우윳빛 살결에 산소 같은 여자가 주스를 빨고 있었다. 그것도 아주 우아하게….

으흐흐… 이 죽일 놈…!

초코 우윳빛에 어깨는 떡 벌어지고 엉덩이는 농구공 두 쪽만 한 우(소)시장에서 산 소같은 여자가…!!

장수의 비결

한 기자가 100세를 넘긴 장수 노인을 찾아가 물어보았다.

"노인장께선 이렇게 장수하는 비결이 어디에 있다고 생각하십니까?"

"아직 밝힐 수 없네."

노인이 대답했다.

"난 이 문제를 놓고 지금 침대제조회사 하나와 조반용 시리얼 제조회사 둘을 상대로 광고협상을 벌이고 있거든."

멈출 수 없어

한 쌍의 남녀가 기차선로 위에서 사랑을 나누다 재판에 회부되었다.

재판관이 심문했다.

"기차가 다가오는 걸 보지 못했나?"

"못 봤습니다."

"기관사가 기적을 울렸다는데 그 소리는?"

"들었습니다."

"기차 소리를 듣고도 피하지 않았단 말인가? 다행히 기관사가 1m 앞에서 기차를 멈춰 다행이지."

젊은 남자가 이렇게 대답했다.

"브레이크가 있는 놈이 멈추는 게 당연하지 않습니까?"

미용실 변태

어느 날 저녁 한 남자가 미용실에 들어와서 커트를 부탁했다.

미용실 아줌마는 그 남자손님을 자리에 앉히고 목에다 천을 둘러댔다. 그리고 한창 커트를 하고 있는데, 남자가 눈을 가늘게 뜨고서 오른손을 천 밑으로 가져가더니 가운데 부근에서 열심히 움직이는 것이 아닌가. 그리고 조금 있으려니까 그것도 모자랐는지 왼손마저 천 밑으로 넣고는 양손을 열심히 움직이는 것이었다.

순간 아줌마는 속으로 기겁을 했다. 그래서 남자가 그 일을 마치고 손을 빼내려는 순간 옆에 있던 드라이어로 남자의 머리통을 후려쳤다.

"이 변태새끼!"

남자는 그 자리에서 기절했고, 아줌마는 즉시 밖으로 뛰쳐나가 파출소에 신고했다.

잠시 후 경찰이 도착해서 그 남자손님을 흔들어 깨우며 물었다.

"당신 여기서 뭐 했어?"

남자가 겨우 정신을 차리며 말했다.

"무슨 일이죠? 머리 깎으면서 안경을 닦은 것까지는 기억이 나는데…"

오마담의 교통사고

한 보수적인 고장에 역시 보수적인 지역 신문사가 있었다.

저녁에 취재를 마치고 돌아온 한 기자가 그날 사건사고 소식을 전했다.

"편집장님, 점심 때 시내에서 가벼운 교통사고가 있었습니다."

"그래? 한번 보세."

기자가 취재한 기사의 팩트는 이랬다.

– '오늘 정오쯤 시내에서 룸살롱을 운영하는 오마담이 몰던 승용차가 가로등을 들이받은 사고가 있었는데, 다른 곳은 괜찮으나 유방을 크게 다쳤다. 담당 의사는 전치 5주의 사고라고 말했다.'

편집장이 말했다.

"이보게. 이 보수적인 고장에서 유방이라는 노골적이고 직선적인 단어는 사용할 수 없네. 좀 더 다듬어보게."

그래서 신문에는 이렇게 기사가 났다.

– '오후 오마담은 가로등을 받고 ( )( )을 크게 다쳤다…'

색골계

색골계라 불리는 장닭이 있었는데 그 기세가 엄청났다. 농장의 암탉은 혼자서 모두 독차지하고, 닭뿐만 아니라 개도 건드렸으며, 소와 돼지도 남아나는 동물이 없었다.

농장의 모든 동물이 경탄했고 주인아저씨도 혀를 내둘렀다. 그래도 기운이 남아 도는 지 이제는 이웃농장에까지 원정을 가 위력을 과시하고 새벽이슬을 맞고 돌아오곤 했다.

주인아저씨가 걱정이 돼서 말했다.

"색골계야, 그렇게 너무 밝히면 건강에 해롭단다. 그러다가 오래 못 살까 걱정이구나. 젊은 시절에 조금이라도 아껴둬야지 안 그러면 내 짝 난다…"

그러나 색골계는 들은 체도 하지 않았다.

"적정마세요. 제 방식대로 살겠어요."

어느 날, 그 색골계가 농장 뒤뜰에 쓰러져 있었다. 깜짝 놀란 주인아저씨가 뛰어가 보니 숨은 쉬었지만 눈을 감은 채 쭉 뻗어서 죽은 듯이 움직이지 못했다.

"아이구. 색골계야! 결국 이렇게 됐구나. 내 말을 안 듣더니 말이 야…."

그러자 색골계가 눈을 가늘게 뜨면서 주인에게 속삭였다.

"쉿! 저리 가요. 지금 독수리를 기다리는 중이라고욧!"